Clinton Davisson

BALUARTES

Terra Sombria

Copyright© 2022 Clinton Davisson

Todos os direitos dessa edição reservados à editora AVEC.

Nenhuma parte desta publicação poderá ser reproduzida, seja por meios mecânicos, eletrônicos ou em cópia reprográfica, sem a autorização prévia da editora.

Editor: Artur Vecchi
Projeto Gráfico e Diagramação: Vitor Coelho
Design de Capa: Vitor Coelho
Revisão: Gabriela Coiradas

1ª edição, 2022
Impresso no Brasil/ Printed in Brazil

Dados Internacionais de catalogação na Publicação (CIP)
(Câmara Brasileira do Livro, SP, Brasil)

C 641

Clinton Davisson

Baluartes: Terra Sombria / Clinton Davisson. – Porto Alegre : Avec, 2022.

ISBN 978-85-5447-115-6

1. Literatura infantojuvenil
I. Título

CDD 869.93

Índice para catálogo sistemático: 1. Literatura infantojuvenil 028.5
Ficha catalográfica elaborada por Ana Lucia Merege – 4667/CRB7

Caixa Postal 7501
CEP 90430-970 – Porto Alegre – RS
contato@avoceditora.com.br
www.avoceditora.com.br
@aveceditora

"Sonhar o sonho impossível,
Sofrer a angústia implacável,
Pisar onde os bravos não ousam,
Reparar o mal irreparável,
Amar um amor casto à distância,
Enfrentar o inimigo invencível,
Tentar quando as forças se esvaem,
Alcançar a estrela inatingível:
essa é a minha busca."

— Dom Quixote

Para João Monteiro e Marcelo Monteiro, meus heróis.

Agradeço ao Catarse e todos os apoiadores por proporcionar a oportunidade de concluir esta obra. À Sônia Santos, coordenadora da pós-graduação em Afrocartografias, que fez brotar esta ideia na minha cabeça. À pesquisadora Eliana Granado, que me deu suporte para várias dúvidas sobre a linguagem e os costumes indígenas. Aos amigos do grupo do Rio de Janeiro, Brian, Leo, GG, Rod, Fabiano, Eduardo, Trotta, e especialmente ao Helvécio, que me encorajou a fazer o roteiro que fez o livro engrenar depois de 12 anos emperrado. A Gaby que conseguiu me fazer acreditar em mim novamente e deu voz, rosto e corpo à Jaciara. Ao Fábio M. Barreto e a Luiza por salvarem minha vida e ao Igor Sardinha, que deu um apoio fundamental. Ao Christopher Karstermidt, que abriu caminhos e deu todo o suporte que estava em seu alcance para que eu pudesse concluir o livro. Não posso esquecer meu pai, minha mãe e meu irmão, que deram suporte em momentos cruciais para que o livro ficasse pronto. Enfim, obrigado a todos.

PREFÁCIO

Por Christopher Karstermidt

A alegria de publicar mais um livro!

*S*into-me obrigado a começar este prefácio com os meus parabéns. Além de ter dois romances e muitos contos já publicados, Clinton é um apoiador de longa data da literatura fantástica brasileira, tendo servido uma eternidade (pelo menos deve ter sentido assim) como Presidente do Clube de Leitores de Ficção Científica. Durante seus mandatos múltiplos, uma das suas grandes proezas era trazer de volta o Prêmio Argos, para reconhecer os grandes talentos nacionais na área. Após uma década de queda constante nas vendas de livros, é bom saber que ainda temos guerreiros como Clinton na luta pela literatura. Como diz o livro, "A melhor arma para combater as forças das trevas é o conhecimento, sabia?" Viva a leitura!

Por isso, fiquei muito feliz quando Clinton me falou que tinha terminado o livro dele, algo que estava ameaçando fazer há muito tempo. Apoiei com muito prazer o financiamento coletivo que levou este livro – direta ou indiretamente – às suas mãos, caro leitor.

O que nos leva ao livro em si. Se tem algo esquisito na sua vila, quem vai chamar? Caça-fantasmas? Claro que não. Vai chamar os Baluartes!

"Gaia na sua sabedoria, criou a pequena morte, chamada sonho. Assim, os homens poderiam ser titãs à noite, e os titãs poderiam ser humanos durante o dia. E quando morressem, os homens se tornaram para sempre os titãs que eles mesmos criaram duran te a vida. Gaia escolhia humanos e titãs que não se esqueciam de quem eram. Que conseguiam transitar pelos dois mundos. Alguns timidamente, outros com mais poderes. A esses ela deu uma função: manter o equilíbrio dos mundos e proteger as fronteiras."

Com habilidade, o autor nos conta a história da origem da formação do trio improvável de Jaciara, Akim e Luís, três "titãs" caçadores de monstros no melhor estilo Van Helsing ou Geralt de Rivia. "Nunca mais temeu ser surpreendido por monstros. Na verdade, ansiava por isso e tinha a impressão de que eram as criaturas das trevas que o temiam." Os caçadores de monstros são os grandes heróis que nós precisamos, os nossos escudos contra os monstros nascidos dos nossos medos mais profundos, para nos poupar a necessidade de enfrentá-los sozinhos.

E por que esse trio é tão especial? Porque "para enfrentar vários demônios, precisamos de vários deuses."

Neste momento que o nosso mundo fica tão dividido entre "nós" e "eles", é bom que ainda possamos imaginar um mundo onde trabalhamos juntos para vencer os monstros que enfrentamos todos os dias. Que este passado fantástico vire o nosso futuro.

Viva a diversidade!
Viva a fantasia!
Viva Clinton!

> ***Christopher Kastensmidt*** *é um escritor norte-americano, residente no Brasil. Conhecido pela sua série A Bandeira do Elefante e da Arara, com suas obras de ficção publicadas em doze países. Foi finalista do prêmio Nebula, um dos mais importantes da literatura fantástica mundial, com a noveleta O Encontro Fortuito de Gerard van Oost e Oludara, em 2011.*

As Crianças de Ibitipoca

Joaquim e o seu penico

Vila de Ibitipoca, junho de 1780.

O menino acordou de um pesadelo, daqueles bem arrepiantes em que rostos sombrios flutuam pela nossa cama com olhos sem expressão, mas profundos como se pudessem tragar ali toda a sua alma. Os olhos deles encostam nos seus e é ali, por meio daquele olho no olho, que levavam nossa vontade de viver.

Joaquim abriu os olhos no quarto, mas o breu era tanto que mal poderia dizer se estavam realmente abertos, nem se ele ainda estava realmente vivo. Aqueles seres poderiam ter drenado, mastigado, sorvido sua alma como a avó fazia com o prato de sopa. Ela, sem dentes, puxava o líquido quente e fazia um chiado horripilante. Não interessava se a comida era ou não gostosa. O som da avó puxando aquilo da colher para a boca era paradoxalmente intragável, porque era assim que Joaquim imaginava que faces no escuro chupariam sua alma pelos seus olhos.

Embora sentisse medo e seu coração ainda estivesse acelerado, outras funções biológicas falavam mais alto naquele momento. Ele tinha bebido muita água antes de dormir. Precisava urinar. E foi esta prioridade biológica que fez calar os outros medos e fez o menino de seis anos levantar-se no quarto escuro e caminhar em direção à porta.

Em toda parte, ele imaginava olhos sombrios e dentes pontiagudos que apareceriam na sua frente, desprovidos de vida, de emoções, de compaixão. Haveria apenas o desespero, o vazio que o levaria. Eram altas horas da noite. E na pequena vila de Ibitipoca, todos dormiam cedo e acordavam cedo. Mas havia sons do lado de fora do quarto, gemidos, sussurros que gelaram a alma do menino por um tempo que pareceu infinito. Mas ele reconheceu aqueles sons que vinham da cozinha. Eram seus pais.

Eles estavam fazendo aquela coisa que ele não podia ver. Se abrisse a porta, ficariam bravos; se não abrisse, haveria seres medonhos escondidos no escuro e a bexiga apertada. Joaquim girou a maçaneta, então, da forma mais discreta que podia e a luz entrou no quarto

A iluminação da casa é feita com velas e um lampião a óleo. Um forno a lenha solta faíscas da madeira. Leonora, sua mãe, cozinhava um peixe enquanto seu marido, Miguel, a abraçava e beijava. Ambos sorriam. A casa cheirava a peixe e barro. Seus pais eram humildes, mas não passavam necessidade. As paredes eram até decoradas com imagens de santos que testemunhavam as intimidades do casal, talvez não com o mesmo fascínio de Joaquim, mas também silenciosos. Leonora virou-se para beijar o marido de forma ardente e apaixonada. Joaquim não entendia muito das coisas, mas sabia que aquilo, de algum modo, de alguma forma, representava felicidade. Ao menos, seu pai e sua mãe pareciam felizes.

Mas ainda precisava esvaziar a bexiga, e para passar da porta de seu quarto até a porta da sala, não havia solução senão avisar sua presença. Resolveu que a melhor solução era romper o silêncio.

— Mãe...

Miguel parou de beijar a mulher e chamou o nome do filho com tons imperativos.

— Joaquim!

— Me desculpem – disse o menino com um sorriso amarelo.

— O que você está fazendo acordado numa hora destas, menino?

Joaquim, por um daqueles motivos que a gente não consegue explicar, resolveu que não falaria do medo do escuro, nem dos pesadelos. Na verdade, temia por uma repreensão mais severa do pai.

— Eu não consegui dormir. Então, vim pegar um livro...

— Livro para que se tu não sabes ler, Joaquim? – replicou Leonora enquanto abotoava a blusa.

— Eu sei ler! - insistiu o menino.

— Nem eu sei ler, Joaquim! - esbravejou Miguel. — Quanto mais você! Deixa de ser mentiroso!

— Sabe o que acontece com crianças que falam mentiras? A Cuca vem pegar! Sabia? Ela fica à espreita nos telhados das casas esperando as crianças cometerem pecados...

Joaquim agora, além de apertado para urinar, também estava metaforicamente enfezado com as acusações. Ele não estava mentindo.

— Eu sei ler, mamãe. Padre Everaldo me ensinou. — Joaquim pega o livro que deixara cair e lê. – DIVINA COMÉDIA.

O pai e a mãe fazem cara de deboche para a irritação do filho.

— Você me viu falando o nome desse livro – debocha Leonora.

Joaquim pega outro livro no móvel e lê.

— Os Lusíadas, de Luís Vaz de Ca... Camões.

Miguel fica com a cara vermelha e toma o livro da mão de Joaquim.

— Criança não tem que saber ler. Tem que trabalhar e rezar! Você sabe que eu acho que esse negócio de ler não é do bem. Quem precisa disso?

O menino não se dá por intimidado.

— Eu sei. Por isso eu leio escondido.

— Olha a falta de respeito, moleque! — disse Miguel que, lá no fundo, parece começar a sentir uma coisa diferente. Na verdade, a impetuosidade do filho agradava-o.

Leonora também compartilhava sentimentos semelhantes, mas não se deu por vencida. Não estava na hora.

— E o padre Everaldo deveria te falar da Bíblia e de Jesus, e não te ensinar a ler. — Leonora suspirou e lembrou de olhar o peixe que estava preparando para o marido. O filho já havia jantado e ido deitar-se. — Trata de voltar para o seu quarto, agora.

Joaquim, porém, ainda tinha mais para discutir com os pais.

— Por que vocês têm livros se não gostam de livros?

Leonora finalmente sorri e faz um carinho no filho.

— Foi um presente do meu pai. Agora vá dormir, Joaquim.

Joaquim fica parado. Não parece triste, apenas muito decepcionado, na verdade, padre Everaldo já havia alertado que seus pais não entenderiam que o filho tivesse tais pretensões intelectuais, por isso mesmo, ele lia escondido. Mas o menino ficou parado olhando para os pais e depois para a porta.

— O que foi desta vez, Joaquim? – indagou Miguel.

— Eu preciso fazer xixi e o penico tá cheio – disse finalmente o menino.

— Pega lá o penico. Leva lá fora e esvazia — instruiu o pai, também deixando transparecer um sorriso amável. — Aproveita e faz as coisas lá fora e traz o penico vazio.

—Tudo bem. Eu faço isso – diz o menino finalmente.

Miguel dá um suspiro e sorri para a esposa e depois para Joaquim. Depois, pega o lampião e entrega ao menino, que chegou com o penico de louça transbordando.

Então, abre a porta da sala. Quando o menino passa por ele, o pai bagunça seu o cabelo como o máximo de sinal de afeto que ele era capaz de fazer. Ao menos naquela hora.

— Brejeiro! – disse Miguel.

Quando o menino sai, Miguel olha para a esposa. Leonora dá de ombros.

— Quem sabe ele vira padre também. Ou pode até virar professor na capital – sugere a mãe.

— Sei lá, Leonora – suspira Miguel. – Não sei se é bom deixar o moleque sonhar. Neste fim de mundo, o ouro tá acabando. Vai ter uma hora que vai sair briga daquele povo lá de Vila Rica com a corte.

Leonora estende a mão amparando os ombros fortes do marido, que olha para a espada e a pistola penduradas na parede.

Joaquim sai de sua casa sob a vigilância de uma lua cheia imponente que clareia razoavelmente a cidade. Quando se aproxima da pequena casinha onde sua família fazia suas necessidades, percebe um vulto justamente em frente à porta do lugar. O menino arregala os olhos e dá um pulo. Depois usa o lampião para iluminar o vulto. Mas não há nada lá. Mesmo assim, Joaquim acha melhor fazer seu xixi na parede da casa mesmo.

Uma nuvem negra encobre o luar e um véu de escuridão parece avançar sobre a cidade e sobre o menino. Joaquim esvazia o penico ali mesmo, na grama, onde sua mãe reclamaria muito no dia seguinte. Mas ele tem medo e trata de apressar suas necessidades fisiológicas e um jato de urina rega a grama do lado de fora da casa de seus pais. O som fluido da cachoeira em miniatura é fraco, mas é o único som que toma conta do ambiente.

Enquanto urina, Joaquim olha para os lados e usa o lampião para lá e para cá, tentando ver o que tem por perto. Quando olha para trás, parece ter visto algo e o jato de xixi é interrompido.

Joaquim aponta o lampião novamente e percebe algo. Parece uma criança com pernas estranhas, viradas ao contrário. Uma criança com dentes pontiagudos, olhos vermelhos e cabelos de fogo, mas que depois some. Joaquim arregala os olhos, vira o pescoço e o lampião na mesma direção e não vê nada. Mesmo assim, desiste de terminar o xixi e começa a voltar para casa, olhando sempre em volta com o auxílio do lampião. De repente, lá está a criatura de novo, parada na esquina da rua, sorrindo de maneira demoníaca para Joaquim. O menino começa a mover-se cada vez mais apressadamente em direção à porta da sua casa. Vira-se de novo e não há ninguém no lugar onde havia aquela criatura. O menino se apressa. A porta está quase chegando. Sua mão está quase na maçaneta. Quando ele finalmente a alcança e a gira, escuta um grito terrível, tão medonho que parecia ter saído das profundezas do inferno, de seus sonhos mais assustadores. O monstro abre a boca com dentes de piranha, começa a correr e aproximar-se dele com uma velocidade espantosa e com as garras levantadas em direção ao seu pescoço. A corrida desengonçada de pernas viradas para trás. O menino grita e a criatura já está sobre ele, segurando seu pescoço.

Na vila de Ibitipoca, um grito pôde ser ouvido rompendo a noite. Era um berro de pavor extremo de Joaquim quando a criatura finalmente o alcançou. Um gemido agudo, desafinado, desprovido de qualquer resquício de esperança ecoou pela noite. Depois, tudo ficou quieto, deixando a vila de Ibitipoca muda e melancólica pelo resto da noite.

A cachoeira

Havia chovido e a neblina estava densa nas montanhas. As três figuras cobriam-se com fraques de couro pesado e chapéus de três pontas. O sol ameaçava recolher-se, enviando seus últimos raios no horizonte, criando arco-íris na neblina. Além dos três, apenas uma única mula carregava alguns pertences. O som de cachoeiras podia ser ouvido ao longe, mas a floresta ainda os cercava, cerrada e envolta em uma neblina espessa. E havia os sons da mata que os acompanhavam. Aves cantavam de um lado, e outros animais, de macacos a insetos, produziam os barulhos como se a selva acordasse da noite.

Foi só ao chegar perto de uma cachoeira que um dos viajantes concluiu que o sol ainda estava forte o suficiente para que tirasse a pesada indumentária de couro. Minas Gerais, no interior do Brasil, era fria nesta época do ano, mas podia ir do frio à chuva e depois ao sol ardente no mesmo dia. Um dia de quatro estações, como costumavam dizer. Foi tirando tudo: chapéu, bota, jaqueta e um arco de madeira e metal incomum para a região. Ficou apenas com a camisa branca e a calça larga até que finalmente pôde molhar os pés descalços em uma lagoa que se formava ao lado de uma pequena cachoeira. O calor e o cansaço eram tantos que Jaciara tiraria a roupa toda e mergulharia na água sem muita cerimônia, mas eram seis anos vivendo com o homem branco. Sabia todos os costumes, aprendera as "boas maneiras", a ler, escrever, contar. Estava adaptada àquela cultura o suficiente para não a odiar por completo. Limitou-se a enfiar os pés descalços na água. Atrás dela, outro membro do trio aproximou-se tirando o chapéu, para revelar um sorriso, com dentes muito brancos em contraste com a pele muito preta. A barba e o cabelo excessivamente bem-cuidados para aquela região. Trocam olhares, ela sorri de volta. Muita informação trocada com apenas gestos simples. Ele também tira a roupa de couro e a camisa de linho, exibindo o dorso musculoso e vários ornamentos de ouro que iam de brincos, pulseiras, correntes a uma espada ornamentada de ouro, prata e joias. Ainda não estava fazendo calor, mas eles estavam suados de tantas caminhadas e subidas na região montanhosa das Minas Gerais. A pequena lagoa que se formava ao lado da cachoeira era funda o suficiente para que mergulhassem, mas apenas ele fez isso. Jaciara limitou-se a andar molhando os pés.

— Você não tem medo de perder uma dessas suas joias reais aí na água? – provocou Jaciara.

— O maior tesouro do meu reino sou eu – respondeu o amigo, sentindo a força da água gelada. — Bom, na verdade, o maior tesouro é esta espada da minha mãe.

— É o que eu ia falar, Akim – riu Jaciara.

Akim levou a sério a observação da amiga, encaminhou-se para a margem e colocou a espada de cabo dourado e lâmina prateada curva cuidadosamente ao lado das roupas. Segurou o amuleto em forma de pentagrama preso ao pescoço por uma corrente dourada, um gesto instintivo para verificar se o objeto estava lá, afinal, também era um tesouro tão importante quanto a espada. Checagem feita, ele se voltou para a água para tentar aproximar-se da cachoeira.

Depois de ver o gesto de Akim, Jaciara também segurou um amuleto igual que tinha também no pescoço, só que preso por um tecido grosso. Mas ao invés de checar apenas, ela ficou lá, em pé, na água, olhando para o amuleto por uns cinco minutos. Finalmente, foi a vez do terceiro membro do grupo aproximar-se e tirar a indumentária. Era alto, magro e branco, muito branco, com cabelos que lembravam os de uma espiga de milho e sua pele estava rosada e suada.

— Você está sentindo alguma coisa, não é? – disse o rapaz. — Alguma coisa daqui.

Jaciara continua quieta. De cabeça baixa, olhando para a água e para o amuleto.

— Akim! – chamou o rapaz. – Jaciara tá fazendo aquela coisa de novo. Que cor que está o seu amuleto?

O rapaz voltou a checar o amuleto em forma de pentagrama idêntico ao dos dois amigos. Percebeu que ele alterava cores entre azul e vermelho de uma forma bem sutil.

— Ele está oscilando entre azul e vermelho, Luís! – respondeu Akim.

Jaciara deu uma risada envergonhada e depois olhou para os amigos.

— Sim – concordou. — Sinal de que há espíritos bons e ruins por aqui. Mas estão trabalhando juntos.

— E por que esta risada? – perguntou Akim saindo da água.

Jaciara riu de novo e levantou os ombros.

— O mesmo de sempre, amigos – explicou. – Eu vejo coisas, nem sempre são claras, e veio aquela coisa chata de novo. Uma piada do futuro. Eu rio dela, porque é engraçada, mas depois ela some, eu não entendo o sentido e acabo esquecendo.

Luís afagou a face da indígena e suspirou. Depois começou também a despir sua indumentária para poder banhar-se com os amigos.

— A vila já está logo ali perto. Vamos nos refrescar e seguir viagem. Isto é, se o nosso príncipe concordar. Você concorda, Akim?

Akim jogou água no amigo.

— Você está ficando chato de novo, Espigão – brincou Akim. — Jaciara, você é testemunha que, desta vez, foi ele quem começou.

— Homem negro, homem branco, homem indígena.... Não importa a cor e nem a idade. Vocês nunca viram adultos.

— Eu estou com fome – reclamou Akim. – Será que tem comida lá? Quero dizer, viajamos o dia inteiro hoje. E Rivera costuma nos mandar para uns lugares estranhos, tipo assim...

— Sem comida? – sugeriu Luís.

— Sim – concordou Akim.

— Sou obrigada a concordar – disse Jaciara. — Mas não é o caso. Parece que é uma vila pequena, mas tem comida lá. Eu posso ver.

— Sente o cheiro daqui? – brincou Luís, ele sabia que não era o caso.

— Não, eu disse que posso ver – repetiu Jaciara.

As Crianças de Ibitipoca

Recepção

A vila de Ibitipoca parecia vazia, abandonada. Os três caminhavam pelas ruas desertas a ponto de ouvir o som das suas botas no chão de pedra. Em uma casa, a porta está aberta. Luís desvia o olhar para tentar enxergar o interior da casa, mas uma moça com cara de assustada fecha a janela rapidamente.

Em outra, sentado à porta, há um casal abraçado chorando. Mas quando notam a presença dos forasteiros, entram ainda abraçados.

Ao chegar em uma esquina, dão de cara com um mosquete apontado para eles. Logo, eles percebem mais cinco mosquetes prontos para atirar. Vários soldados aparecem de repente cercando o grupo. Alguns vestiam-se de fraque azul e outros de vermelho e havia pelo menos dois a cavalo. Luís, Jaciara e Akim levantam as mãos com cautela.

— Alto lá, forasteiros. Por favor, identifiquem-se e digam o motivo de sua presença em nossa cidade. — Um dos soldados, um oficial, vem receber o grupo sem sair do cavalo.

Luís vê os olhos de Akim cheios de fúria. O dahomey parecia pronto para sair destruindo o pequeno grupo de soldados. Ter uma arma apontada para a cabeça, afinal, realmente não era agradável. Jaciara não se moveu. Ficou com a cara de tédio de sempre, o que acalmou Luís. Ela trocou olhares com Akim, que pareceu suspirar de alívio. Se Jaciara dizia que não era para brigar, ele não brigava. Luís também podia ver os olhos do oficial e dos soldados. Havia certa desconfiança, mas também uma expectativa. "Eles estavam esperando a nossa chegada, só têm medo de nós não sermos quem estavam esperando. O medo pairava na pequena vila como uma nuvem gélida", pensou enquanto escolhia as palavras para quebrar o silêncio incômodo.

— Sou Luís Vaz Monteiro, sou um Baluarte enviado pela Santa Igreja. E esses são meus companheiros, Akim e Jaciara.

O oficial faz sinal para que os soldados abaixem as armas e desce do cavalo, tira o chapéu e cumprimenta os três recém-chegados com uma reverência.

— Então, vocês são os enviados da Igreja? Peço desculpas pela recepção não muito calorosa. As coisas estão muito tensas e tristes por aqui. Eu sou o capitão Daniel Valadares. Essa é a guarda da cidade de Ibitipoca. Estamos ao seu dispor.

— Como vocês se atrevem a apontar esta porcaria para... – começa a esbravejar Akim, que é contido por Luís.

— Nós entendemos que houve acontecimentos terríveis na vila recentemente – interveio Luís. — Mas estamos aqui para ajudar.

— Novamente peço desculpas aos nobres cavalheiros e à bela dama – diz Valadares, tirando o chapéu. —Permita-nos escoltá-los até o padre Everaldo?

Luís acena com a cabeça afirmativamente enquanto Akim acena com um misto de relutância e ainda um pouco de indignação. Jaciara permanece inexpressiva, mas se aproxima do Capitão Valadares, que parecia honestamente constrangido pelo momento de tensão anterior.

— Apesar de toda a tristeza, eu ouço músicas que serão cantadas muitas vezes no futuro neste local – diz a indígena, olhando nos olhos dos soldados. – Assim como parece que vocês já cantaram muito aqui no passado. Os filhos de vocês, eu posso sentir que eles doem no coração. Eu não posso prometer o futuro, mas digo que há esperança, sim. — Ela coloca a mão no peito de Valadares que fica imóvel, perplexo. — Se permite ter esperança?

Valadares evitou o olhar da indígena em um primeiro momento. Depois, a encarou. Jaciara viu tristeza em seus olhos.

— Seus filhos estão bem – disse a indígena com ternura.

Os olhos do Capitão Daniel Valadares encheram-se de lágrimas, mas depois ele se controlou. Jaciara sentiu o diafragma do soldado se expandir e depois relaxar, soltando o ar lentamente. Os olhos dele divagaram até cruzarem com os da indígena que os fitava com firmeza. Ele sorriu por instantes e depois corou diante do olhar insistente da mulher.

— Você carrega um arco, mas não tem flechas – disse Valadares, como se buscasse uma forma desesperada de mudar de assunto. Não queria enfrentar a dor ali. Não agora. Não naquele momento.

— Você é o primeiro a ver isso desde que cheguei ao Brasil – sorriu Jaciara. — Nós falaremos disso mais tarde. Tudo bem?

Valadares faz uma reverência a Jaciara e ao grupo e faz sinal para que o acompanhassem.

A caminhada pela vila não é longa, não há muito o que percorrer. Como todas as cidades da região, é composta por tudo que rodeava uma igreja. Quando chegam até ao centro da cidade, encontram justamente uma igreja com as portas fechadas. Quando Valadares bate, quem abre é uma freira aparentando pouco mais de 30 anos. Ela olha para os viajantes recém-chegados e cansados e, de repente, começa a rir. Uma gargalhada estranha. Depois geme de dor e volta a rir.

— Olá, Daniel, você tá tão bonito hoje... Desculpe, bom dia, capitão Valadares, quem são essas nobres visitas? – diz a moça visivelmente embriagada.

— Esses são os baluartes da Santa Igreja, reverendíssima Gabriela. – Valadares faz um gesto amplo.

— Sejam bem-vindos, eu sou Gabriela e não sou louca, apesar das risadas – diz a freira.

— Tem certeza disso, que não é louca? – indaga Jaciara, olhando no fundo dos olhos da freira, como se procurasse alguma resposta lá dentro.

Gabriela dá outra gargalhada alta e Luís repreende Jaciara com um olhar. A freira tira do bolso uma garrafa de cor escura.

— Desculpem-me novamente. Eu estou com dor de dente e este remédio me deixa bêbada e não alivia a dor. Ou ao menos não alivia como deveria. Temos um "tiradentes" chegando esta semana. Ele sempre passa por aqui, já deve estar chegando. Até lá, terei que carregar mais este inferno comigo. — Ela olha para Luís da cabeça aos pés. — O senhor deve ser o Baluarte que pedimos.

— Sim, sou Luís Vaz Monteiro e...

Luís vira-se para Akim e Jaciara para apresentá-los, mas é interrompido por mais uma risada de Gabriela.

— Novamente, me desculpe, senhor Monteiro. Esperávamos mais que apenas um homem. A situação é séria. Mas não importa. Vamos providenciar acomodação e comida para seu escravo e sua índia enquanto levo o senhor até padre Everaldo.

— Estes são os outros dois baluartes da Santa Igreja. Akim Shinedu, Príncipe de Dahomé, e essa é Maria Jaciara...

Gabriela solta uma gargalhada, segura a boca novamente e faz uma reverência a Jaciara e Akim.

— Me desculpem novamente. Como podem ver, eu não estou no meu normal. Podem seguir direto até aquela porta ao fundo. Padre Everaldo está lá. Está sóbrio, ao contrário de mim. Ele diz que o meu castigo por não o deixar beber foi virar uma bêbada por causa da dor de dente. De qualquer forma, ele vai tentar pedir bebida a vocês. Não deixem. Eu não deixo os servos levarem nada de a álcool para ele. Não deixo mais. Mas ele vai pedir. Essa tragédia é grande demais para ser enfrentada de maneira sóbria. Mas ele já era um bêbado antes, quando todos os pais e mães da vila começaram a entrar em desespero e beber. Nós precisamos ficar sóbrios. O padre precisa ficar sóbrio. Ele é o nosso líder, é a nossa referência. Eu vou ficar sóbria quando o moço que tira os dentes chegar. Preciso.

— Obrigado, reverendíssima. - Luís e Akim seguem para a porta, mas Jaciara fica de frente para a freira, que fica pequeninha diante da indígena Oitacá. Em seguida, com um gesto forte, ela pega a freira pela gola e aproxima o rosto dela ao seu ao ponto de quase tocarem o nariz. Assim, com olhos nos olhos, ela segura a mandíbula da freira, como se procurasse a dor de dente. Depois, faz um gesto estranho, como se pegasse a dor e jogasse para longe. Logo depois, solta a freira.

— Pronto. A dor foi embora e vai dar tempo de o dentista chegar. Pode parar de tomar esse remédio esquisito.

Dito isso, Jaciara entra também, deixando Gabriela de olhos arregalados enquanto toca o dente como se procurasse a dor que não está mais lá.

Dentro da igreja, eles caminham por vários fiéis que choram, rezam, lamentam, ou apenas conversam. Como se ali encontrassem um pouco de segurança e proteção. Há um murmúrio ecoando no recinto que para quando o trio atravessa a igreja e entra na porta que leva ao setor interno. Na porta que dava para a outra sala, Luís parou e olhou aquelas pessoas exalando sofrimento e tristeza. Alguns choravam, outros usavam uma espécie de chicote de sete cordas, o chamado flagelo, para se penitenciar. Era uma corda para cada pecado capital. Havia murmúrios de dor e, por vezes, um grito. Mas choravam baixo, talvez pelo cansaço de tantos dias chorando. Poucas pessoas pareciam ter notado sua presença. Era como um transe. Uma dor coletiva e compartilhada. Lembrou-se de quando perdera sua avó e também lembrou do amigo que perdera recentemente. Isso tudo foi o bastante para que se permitisse tomar pela emoção por poucos segundos. Mas logo lembrou que tinha um trabalho a fazer e que isso era o melhor que poderia fazer por aquelas pessoas. Era o melhor que poderia fazer por sua avó e por seu amigo.

Luís entrou na outra sala e lá estava o padre Everaldo. É um homem gordo, na faixa de uns 40 anos, suado e cabisbaixo. Quando olha para Luís, ele se levanta da cadeira onde estava e ajoelha aos pés do baluarte.

— Graças a Deus, jovem Luís Vaz Monteiro! Você veio! E veio rápido. Eu mandei o mensageiro não descansar até entregar o nosso pedido de socorro.

— Chegamos ao Brasil há pouco tempo. Estávamos a caminho de Vila Rica quando fomos informados do seu pedido. Esses são...

Luís aponta para Akim e Jaciara, mas padre Everaldo apressa-se em interrompê-lo para fazer uma reverência a Jaciara. Ele parece muito feliz, apesar de cansado.

— Você só pode ser Jaciara dos Oitacá. Ouvi falar muito de seu povo. Que caçam tubarões apenas com as mãos. É tão linda quanto Rivera disse. Mas bem mais alta do que eu imaginava. Rivera disse que a ensinou a ler e escrever. Você foi para a Europa com ele, não foi? Como é voltar para o Brasil agora?

Jaciara faz uma longa reverência simpática, correspondida prontamente por padre Everaldo.

— Obrigada. Padre Rivera também falou bem do senhor. Digamos que é bom estar de volta. Na Europa é muito frio e tem fantasmas demais.

Padre Everaldo vira-se para Akim e repete a reverência.

— Vossa Alteza, Akim Chinedu. Tive a honra de conhecer sua mãe na Costa dos Escravos. Uma grande guerreira, casou-se com um grande rei. Eu era jovem e impetuoso. Também cheguei a conhecer sua avó, jovem

Monteiro. Acilea era uma mulher linda e corajosa. Nunca vi uma mulher ter aquela habilidade com uma espada.

— O padre é muito gentil com as palavras – diz Luís. – Eu agradeço.

Padre olha para o amuleto preso ao cordão no pescoço de Luís.

— Esse é o amuleto de Acilea, não é? Símbolo de Pitágoras. Eu lembro de vê-la usando contra criaturas das trevas. É um amuleto poderoso. Deve ter mais de cem anos.

— Mais de dois mil anos... – comentou Luís. — Agradeço as palavras agradáveis, Reverendo. Sinto muita falta dela. Eu agradeço e agradeço a acolhida. Esperamos poder ajudar sua vila.

— Eu é que agradeço a ajuda – suspirou padre Everaldo. — Gostaria de poder ter feito mais, além de pedir socorro. Eu deveria ter sido um de vocês. Mas ser um baluarte não depende só de vontade, como vocês sabem. Como disse, já fui jovem e forte. Não era este velho derrotado que definha diante de vocês. Eu vim para cá para fugir das forças das trevas, mas elas estão em toda parte, não estão? É uma das leis divinas. Não existe o bem sem o mal, o amor sem o ódio, a inocência sem a luxúria, a luz sem as trevas...

— Conte-nos o que houve, Reverendo? – perguntou Jaciara.

— Fomos informados de que todas as crianças da vila desapareceram – falou Luís. – Como isso aconteceu?

O padre suspira. As lembranças são dolorosas. O que ele tem para contar é doloroso. Ele toma fôlego. Faz sinal afirmativo com a cabeça várias vezes.

— Entendam que, apesar de necessário, contar tudo é doloroso. Peço apenas alguns momentos para não trocar o relato por uma crise de choro sem sentido. E acredite, um velho como eu chorando não pronuncia as palavras de forma inteligível. Mas onde estão meus modos, venham para cá e sentem-se, estão cansados. Pedi aos criados para trazerem comida e bebida para vocês.

Padre Everaldo leva-os para a cozinha onde criados preparam a mesa com pão, queijo, leite e água ardente que era usada para abrir o apetite. Havia um cheiro característico de café, que conheciam bem do Velho Continente, mas não era tão comum no Brasil. A crescente escassez do ouro e dos diamantes obrigava os habitantes a procurar alternativas de renda e o café estava ganhando força no Brasil. Os escravos também traziam açúcar feito nas Casas de Fornalhas, lugar que abrigava grandes fornos que faziam o melaço de cana e depois levavam para a Casa de Purgar, onde ficavam as formas com o caldo cristalizado, chamados pão de açúcar. Após seis a oito dias eram retirados dos moldes, refinados e prontos para serem comercializados. No caso, tudo era feito ali na Vila de Ibitipoca. Estavam trazendo o que havia de melhor para os baluartes, um sinal comovente da esperança que depositavam naqueles três jovens. Um fogão a lenha está aceso e uma cozinheira mexe algo no caldeirão que aguça o olfato dos visitantes. Os criados também pegam os pesados fraques e chapéus dos recém-chegados. Ao sentar-se, ele dá um suspiro longo, como se estivesse cheio de ar e esvaziando.

— Todas as crianças. Meninos, meninas. Até os bebês. Desapareceram na noite de lua cheia – começou a contar o padre.

Akim e Luís sentam-se. Depois comem o pão e o queijo. Jaciara não se senta. Ela parece estática, mas caminha lentamente, olhando as janelas, encarando a face dos serviçais. Parece olhar cada detalhe do teto e do chão.

— Todas de uma vez? – Estranha Akim. — Essa vila tem quantas pessoas? 100?

— Cento e quarenta e seis – informa o padre.

— Proporcionalmente, calculo que havia em torno de trinta crianças, não é? Seria necessário um grupo bem organizado para fazer isso em uma ação coordenada.

— E os pais? O que disseram? – indagou Jaciara.

— Alguns só notaram a ausência das crianças no dia seguinte. Foi um dia terrível. Acho que os choros e os lamentos puderam ser ouvidos até depois das montanhas. E só espero que nossas preces tenham chegado aos ouvidos de Deus. Por isso vocês chegaram tão rápido.

— Ninguém viu nada? – insistiu Luís.

— Tem um casal que está ali, sentado na igreja, rezando — disse o padre. — Eles afirmam ter visto criaturas pequenas de pés trocados.

— Curupiras? — sugeriu Jaciara.

— Sim — confirmou o padre. — Eu posso chamá-los aqui, se quiser.

Enquanto padre Everaldo fala, um serviçal oferece café para Jaciara, que fuzila Akim com um olhar. Ele dá de ombros. Ela se senta ao lado dele na mesa. Akim pega um pote pequeno de açúcar e começa a colocar em seu café várias colheres pequenas rapidamente enquanto Jaciara observa.

— Você adoça demais seu café – critica a indígena.

— A senhorita poderia me deixar em paz? Eu gosto de café muito doce! – replica Akim.

O príncipe continua a colocar pequenas colheradas do pequeno pote de açúcar em sua xícara de café. Ele prova e depois volta a adoçar mais o café. Depois de umas dez colheradas intermitentes de Akim com a pequena colherzinha de açúcar, Jaciara pega o café do dahomey e joga todo dentro do pote de açúcar e dá a ele, que fica com um olhar perplexo. Jaciara não ri, apenas volta a tomar seu próprio café, deixando Akim sem graça.

— Precisamos ir até as casas onde moravam as crianças – diz Luís.

— Podemos terminar de comer? – protestou Akim — Foi uma longa viagem...

— Sim, claro – diz padre Everaldo, também se servindo da comida. — E eu gostaria de pedir um favor. Peça os serviçais para trazer um pouco de vinho ou cachaça, mas traga dentro de minhas botas. Gabriela não me deixa beber. É só colocar as garrafas dentro de botas e dizer que vão me entregar.

Jaciara, Akim e Luís entreolham-se.

— Você disse que tinha um casal que poderia conversar com a gente, padre... — disse Luís, sem dar atenção ao pedido de Everaldo.

— Sim, sim! Venha comigo – disse o padre. — Vamos buscá-los. Estão aqui na igreja, orando como os outros.

Luís levantou-se e acompanhou o padre. Valadares foi com eles deixando Akim e Jaciara sozinhos. O príncipe apressou-se em pegar mais comida e Jaciara não aguentou e sorriu.

— Você está sempre com fome — disse a indígena.

Akim pegou um bolo sobre a mesa e, com uma faca, cortou um pedaço.

— Brilhante observação! – concordou. — Quer um pedaço de bolo?

— Quero! – respondeu Jaciara, estendendo a mão pegando o bolo que Akim lhe ofereceu. Depois, se sentou e começou a comer, balançando a cabeça de olhos fechados enquanto mastigava, e Akim permitiu-se passear com a visão por aquele rosto. O cabelo liso, muito preto, estava solto, sem o coque que ela fazia para colocar o chapéu que ganharam de presente dos piratas. Os lábios carnudos, diferente da maioria das indígenas que havia visto na Colônia. Ela era mais branca também e mais alta. Definitivamente,

As Crianças de Ibitipoca

era uma mulher linda. Quando se aproximou, já sabia que ela havia percebido que ele a estava observando. Não se sentiu constrangido, havia intimidade suficiente entre eles.

— Tiulátiu ié, ié, ié. Tiulátiu ié, ié, ié.... – cantou Jaciara assim que abriu os olhos.

— É uma música dos Oitacás? – indagou Akim.

— Não – disse pensativa. — É apenas uma dessas coisas que aparecem.

— Você quer dizer aquelas coisas que você vê no futuro?

— Sim, são imagens, sons – explicou a indígena. — Mas é tão caótico e esporádico. Eu desisti de tentar entender. Agora, escutei essa musiquinha se repetindo, como se milhares de pessoas estivessem ouvindo e gritando.

— Você consegue ver o seu futuro ou o meu, por exemplo? — perguntou Akim, olhando fixamente para Jaciara. A indígena finalmente abandonou a postura quase inexpressiva de sempre e corou.

Akim sorriu. Não sabia exatamente o porquê, mas algo naquela reação deixou-o feliz.

— Eu imaginava – disse Akim com um sorriso malandro.

— Você é um convencido, arrogante e...

— Eu sinto a mesma coisa, *chérie* — interrompeu, Akim assumindo um semblante sério. – Pode ter certeza.

Jaciara ficou em silêncio. Os olhos arregalaram-se um pouco.

— E quer saber? — continuou Akim com firmeza. — É bom saber que existe uma possibilidade de futuro com uma pessoa que eu... eu... eu gosto tanto. E que implica tanto comigo.

Antes de Jaciara responder, Luís entrou junto com o padre Everaldo e um casal com uma expressão corporal que revelava estarem terrivelmente abatidos. Akim presumiu que eram pais de alguma criança desaparecida.

— Que bom que estão aí – disse o padre. — O amigo de vocês, o Luís, pediu para conversar com alguns dos pais. Estes aqui são os únicos que concordaram em conversar. Estes são Lenora e Miguel. O filho deles, Joaquim, também desapareceu naquela noite.

Akim fez uma reverência respeitosa ao casal enquanto Jaciara apressou-se em arrumar as mesas e encaminhar o casal com carinho para que se sentassem. Foi quando Luís entrou e foi logo se dirigindo ao casal.

— Por que os Dragões da Cavalaria não estão na cidade? – perguntou Miguel, com a voz alterada. — No lugar disso, vosmecês me trazem três moleques? E por que o Capitão Valadares não está com o destacamento todo atrás dos nossos filhos?

— A capital mandou os baluartes da Santa Igreja – disse o padre Everaldo. — Os Dragões vão chegar em breve. Já estão a caminho.

— A igreja mandou crianças para o quê? – indagou Miguel. — Vão rezar pelo meu filho? O que a gente mais fez foi rezar. Os homens da cidade vão se juntar e sair em busca das crianças...

— Algumas pessoas disseram que viram coisas estranhas na noite em que as crianças desapareceram – disse Luís. – Falaram que viram seres com os pés trocados.

— Curupiras! – gritou Miguel. — Eu vi quando saí da casa atrás do meu filho. Eu vi dois deles correndo. Voltei e peguei a espingarda e eles sumiram.

— Se seus filhos fossem levados por bandidos, senhor Miguel, com certeza os Dragões já estariam na cidade e Valadares estaria na pista deles – disse Luís. — Mas você e outros pais disseram ter visto curupiras. Então, chamaram a gente!

— E quem são "a gente"? – perguntou Lenora. — Quem são vocês?

— Somos investigadores da Santa Igreja – respondeu Luís. — Nós sabemos lidar com criaturas das trevas que os Dragões do Caminho Novo ou a guarda da cidade não sabe.

— Nós somos a melhor chance de encontrar seus filhos – disse Jaciara. — Nós podemos ajudar.

— Eu não vou dar minhas condolências porque seu filho está vivo – disse Luís. — E acho importante que vocês acreditem nisso. Ele está vivo e preciso da força de vocês, tudo bem? Podem fazer isso por mim?

— Vosmecê pode ter certeza de que nós também sentimos isso – disse Miguel. Lenora não disse nada, apenas balançou a cabeça afirmativamente.

— Nosso menino... A gente acredita que ele está bem, a gente acredita que tudo vai ficar bem. Mas o tempo vai passando e eu sinto, senhor, uma dor. E quando a gente machuca um joelho, sofre um corte na pele, a gente coloca a mão no lugar, como se a gente começasse a morrer por dentro.

— Tudo bem — disse Luís. — Nós viemos aqui para resolver isso. Acharemos todas as crianças desaparecidas da vila. Pode ter certeza.

— Você acha que isso é coisa do demo, Seu Padre? - indagou finalmente Lenora.

— Eu não sou padre — respondeu Luís. — Sou apenas um agente da Santa Igreja.

— Um diácono? — insiste Lenora.

— Algo assim. — Luís inclina a cabeça para a esquerda pensativo. — Sou um baluarte. Um guerreiro da Santa Igreja. Todos nós aqui somos. — Aponta para os dois companheiros. — Nós combatemos as forças das trevas.

— Acreditamos que elas levaram as crianças da aldeia - disse Akim com a voz rouca.

— Esses curupiras - disse Miguel. — Por que levariam nossas crianças?

— Normalmente, os curupiras não fazem maldades sem ser provocados e nunca atuam tão bem coordenados assim. Vocês sabem de alguma história antiga da região de uma velha? - sugeriu Jaciara. - Uma bruxa. Alguém que vive na floresta, numa caverna, aqui perto?

— Quando eu era criança - disse Miguel. — Meus avós falavam de uma velha portuguesa que vivia além das montanhas do riacho. A bruxa Antônia, ou Joana, não lembro. Falavam que, se eu não me comportasse, a Cuca vinha pegar. Mas tinha hora que chamavam de Cuca Antônia, ou bruxa Antônia.

— As bruxas são uma infestação da Europa - disse Luís sem esconder a raiva. — Não me surpreende elas estarem aqui na Colônia portuguesa também.

— Você não teve muito tempo de conversa com Rivera, não é? - falou Jaciara com seu tom entediado.

— Você se refere a conversar sobre bruxas? - indagou Luís.

— Sim.

— Não, não conversamos sobre este assunto ainda - admitiu Luís.

— Bruxas e bruxos eram pessoas de outras religiões - explicou Jaciara. — Muitas de religiões que existiam antes do cristianismo. Os cristãos perseguiam, matavam, torturavam e chamavam essas pessoas de bruxas para validar esses crimes. Tudo o que não vinha dos romanos, era considerado coisas do demônio.

— Rivera disse isso? - perguntou Luís atordoado. — Mas ele é um padre!

— Ele é um baluarte, Luís - disse Akim. — Como nós três. Lembra de quando você me conheceu? Achou que eu era um adorador do demônio porque eu tenho uma religião diferente da sua.

— Tem razão - Luís inclinou a cabeça. - Eu fui um idiota e já me desculpei por isso.

— Então continue não sendo um idiota - completou Jaciara. — A Santa Igreja tem pessoas bem-intencionadas, tem pessoas muito boas, nos ajudam a combater as forças das trevas há 800 anos. Mas é uma sociedade, uma aliança. Fizemos esta aliança porque cansaram de nos perseguir e nós mostramos para eles que somos a melhor opção para combater demônios de verdade. Isso não faz de mim freira e nem de você padre.

— E quanto a Rivera? - replicou Luís. — Ele é um padre.

— Mas não é burro - respondeu Jaciara. — Ele sabe o que se esconde por trás dos segredos de Roma. Entenda, Luís, não estou dizendo nada contra sua fé. Ao contrário, precisamos dela, assim como precisamos da fé de Akim nos deuses dele e da minha fé nos meus. Mas acredite, desde que você aceitou o fardo oferecido por Rivera, herdado de sua avó, o mundo não é mais o mesmo. Você está em algo muito maior do que possa imaginar. Então, mantenha sua mente aberta.

— Ela está certa - disse Padre Everaldo com um sorriso amarelo e acenando com a mão em um gesto quase cômico.

— Mas o que isso tem a ver? - interrompeu Lenora. — Acha que uma bruxa pegou as crianças ou não acha?

— Isso é meio maluquice - disse Miguel socando a mesa.

— Mas você disse que viu curupiras — replicou Luís.

— Parecia curupira - falou Miguel. - Mas não tinha cuca, não tinha bruxa. Jesus Cristo, vosmecês são apenas crianças e estão procurando bruxas? Vamos pegar os soldados e entrar logo na floresta.

— Já expliquei que não é bem assim que funciona — falou Luís com voz baixa. — Preciso que vocês se acalmem.

— Calma? — bradou Miguel. — Calma porque não é seu filho que tá sumido, seu moleque!

— Desculpa - disse Lenora educadamente -, mas vocês têm filhos?

— Não, não temos - respondeu Jaciara secamente.

— Uma índia - Miguel olha Jaciara de cima a baixo. — Qual o seu nome?

— Tšahi... dos Oitacá - respondeu a indígena. — Era como minha mãe e meu pai me chamavam antes de morrerem. Na Europa, me chamam de Jaciara. Para evitar que o homem que matou meus pais fosse atrás de mim.

As Crianças de Ibitipoca

Foi esse o nome que padre Rivera me deu. Um nome tupi. Eu estudei na Europa com o nome de Maria Jaciara, porque o manto de Nossa Senhora, Maria, mãe de Jesus, me protegeria. E o manto de Nossa Senhora também protege seu filho, Dona Lenora. Porque eu nasci com esse poder que dizem que foi um deus dos europeus que me deu. Eu vejo o futuro, vejo coisas no presente, no passado e no futuro, e tudo é a mesma coisa. E tenho medo, Dona Lenora, medo das coisas que vejo. Porque não vejo nenhum deus, nem europeu de olho azul, nem Tupã, nem Olurum, dono do céu, nem mesmo o Deus Sol. Vejo um olho que tudo vê, mas que não é bom e nem mau. Ele só não gosta quando a gente olha para ele. Aí, ele olha de volta e minha alma treme. Mas eu juro, pelo Olho que tudo vê, que seu filho está vivo. Vejo o sol nascendo e vocês encontrando o Joaquim. Ele correndo para vocês.

Miguel tapava o rosto para esconder as lágrimas, ao contrário de Lenora, que não tentou esconder a emoção. De fato, era a primeira vez que Akim via lágrimas rolarem dos olhos de Tšahi. Sentiu também seus olhos arderem. Pensou em sua mãe e seu pedido no leito de morte para que ele se tornasse um baluarte. Como aquilo parecia ser importante para ela e, ao mesmo tempo, incômodo. Como se ela não quisesse que o filho seguisse seus passos, mas não houvesse outra escolha. Passaram-se cinco anos e só agora ele sentia ter realmente entendido o dilema da mãe por meio daquele casal desesperado sentado à mesa.

Os pais querem o melhor para os filhos. Mas nem sempre o melhor é o mais confortável, nem para eles, nem para os filhos. A esperança que Tšahi trazia aos pais não era exatamente confortável. Significava a continuação da agonia. Esperança pode ser algo assustador, pode ser o caminho mais difícil a ser seguido. De repente, sentiu algo queimar em seu rosto. Era também uma lágrima. Ele quase sorriu, pois era uma emoção inesperada e não sabia se vinha da saudade da mãe, da compaixão por ela ou mesmo por empatia em relação ao casal. Às vezes, as emoções surpreendem-nos e só sentimos sua presença quando elas vêm beijar nossos rostos em forma de lágrimas.

Padre Everaldo aproxima-se sacudindo a batina com seus passos curtos e apressados.

— Eu preparei alojamentos para vocês – disse o padre, apontando na janela para uma casa grande próxima à Igreja. – Vocês poderão descansar e reunir forças para o dia de amanhã, que será extenuante.

Lembranças

Ela foi uma gestação demorada e por isso, quando nasceu, foi chamada de Tšahi, ou seja, a que veio tarde, ou A Caçadora. Ela não sabia, mas naquele dia, 20 de agosto de 1774, estava fazendo 14 anos. Mas não era assim que sua tribo contava o tempo. Eles olhavam a Lua lá em cima e suas fases. Sabiam quando era hora de colher, hora de plantar. Plantavam mais agora, depois que apareceram os homens das canoas gigantes. Mas, definitivamente, eles não eram como as outras tribos. Tšahi tinha visto alguns confrontos com os vizinhos, normalmente os tupis, que eram pequenos, tinham a pele marrom, mesmo no inverno. E eles não falavam os erres como a maioria dos outros vizinhos. Quando os prisioneiros ou os raros mensageiros tentavam conversar com os chefes, ao invés de dizer as palavras direito, mesmo as que sabiam, não falavam os erres. Não conseguiam. Colocavam um "i" no meio das palavras. Assim, Tšahi lembrava que um tupi queria um machado em troca de favos de mel. Seu pai oferecera um favo por um machado. Um bom negócio para ambos. Mas "um" em sua língua se dizia "par". O tupi insistia em dizer "paiir", e o bendito do erre, às vezes, nem saía. Isso causava gargalhadas em toda tribo.

Mesmo não sabendo exatamente se era ou não seu aniversário, era um dia especial para Tšahi. Seu irmão Tajarê havia saído para caçar um tubarão. Era uma tradição da tribo pegar o tubarão para ter seus dentes como troféu e símbolo de força. E Tajarê fez tudo certo. Ele era apenas três anos mais velho que ela. Mas nadou até o tubarão sozinho e enfiou um pau de mais ou menos um palmo na boca do animal com uma mão, e com a outra tirou-lhe as vísceras, levando-o a morte. Todos se pintaram com tinta feita com jenipapo e dançaram o dia todo.

Foi quando a noite chegou com a lua cheia, dominando o céu, depois de comer um último pedaço do tubarão que seu irmão guardara para ela, que Tšahi começou a sentir-se cansada. Acordara cedo e tinha sono cedo. Dentro das palafitas, sobre os pântanos, a tribo dormia no chão. Nada de redes como os tupis. Os fortes, como se chamavam os membros da tribo, dormiam no chão. Se uma cobra ou qualquer bicho tentasse pegá-los, viravam comida. De fato, os fortes julgavam-se intocáveis. Eram mais altos que os outros índios, mais fortes, mais rápidos. Eles tinham uma palavra para si mesmos. Além de os fortes, eles se autointitulavam *heroykwayma*, os que dominavam tudo o que faziam, dominavam o seu ambiente, os seus inimigos, a caça e a colheita. Muitos anos se passariam até o homem branco, aquele que chegava nas canoas gigantes, tivesse uma palavra que se equivaleria a esta. A palavra viria a ser "hegemonia".

Mas, naquela noite, quando dormiu cedo, Tšahi teve um sonho ruim. Acordou gritando com sua avó olhando para ela.

— Seu grito era tão alto que pediram para eu vir aqui – disse a avó.

— Eu tive um sonho ruim, Yêcê – disse Tšahi.

— Vim como sua avó, não como Yêcê – disse a avó com ternura.

Os brancos a chamariam de bruxa, talvez os tupis a chamassem de pajé, mas entre os *heroykwayma* existiam as Yêcê, as mulheres-estrelas que conseguiam ver a natureza além dos olhos normais. Elas viam o mundo sutil, sentiam o que alguns deuses ou espíritos queriam. E sabiam curar doenças com a sabedoria antiga. No caso da avó de Tšahi, ela estava ali só para fazer cafuné na neta.

— Tinha um moço grande...

— Já está na hora de sonhar com um *kwayma* para você, minha neta – disse a avó sorridente. — Tem homens escolhendo a *mpayma* dele hoje. Tem muito moço querendo você. Dá até para escolher.

A avó deu uma risadinha, mas a neta não mudou o semblante.

— Tinha um homem mau no sonho, vovó – contou a menina. – E foi como aquele dia em que sonhei acordada. Aquelas pinturas que se mexiam. Aqueles bichos que nunca vi. E aqueles lugares para onde nunca fui.

— Tudo bem, dá para ser avó e Yêcê também – brincou a velha. – Tudo junto. Sua avó serve para muitas coisas. Me conta, se quiser me contar, me conta?

Tšahi suspirou. Olhou para fora. Ainda estava cedo. Ela parecia ter dormido por vários dias. Sonhou talvez por meses. Mas a Lua mal havia se mexido no céu.

— Teve um homem que matou uma tribo como a nossa – contou a menina. — Falavam nossa língua, pareciam com a gente. Mas moravam mais para o sul. Perto daquele lugar... Perto do pântano. Ele jogou uma magia ruim. Não... Jogou doença neles. E eles morreram. Aí, a floresta se vingou. Curupiras, blaimes, sacis, todos foram na tribo dele e mataram todo mundo. E ele ficou. Escapou. Mas fez um pacto com a Cuca. E ela deu uma arma para ele.

— Você também vai ser Yêcê, minha neta – disse a avó. – E uma Yêcê muito poderosa. Posso sentir isso. Você é como a minha avó era. Não como eu. Eu só sinto o que a Yêcê normal sente.

A avó olhou de uma maneira estranha para a neta e segurou suas mãos.

— Eu não estou entendendo nada, vovó – disse a neta, confusa.

— Minha avó tinha poderes que eu nem sequer podia imaginar – disse a Yêcê com a respiração cada vez mais ofegante. – E você também tem. Pode ver o futuro. Pode curar as pessoas só tocando nelas. Não precisa de remédio. E este homem que você viu nos seus sonhos... Ele está aqui. Veio para se vingar!

De repente, imagens começaram a aparecer em volta de Tšahi e ela não sabia se estavam ali ou apenas na sua cabeça. Estaria sua avó vendo também? O fato é que a velha senhora ficou cada vez mais ofegante e começou a gritar, mas um grito abafado, como se fosse para dentro. Aquilo tudo começou a deixar Tšahi cada vez mais nervosa. Sua respiração foi ficando acelerada também. Tudo começou a girar. Ela tentava prestar atenção a sua volta, entender aquelas imagens, mas tudo era muito rápido. Até que sua avó parou, os olhos esbugalhados como se tivesse visto e presenciado seu maior pesadelo.

— Fique aqui – ordenou a avó antes de sair da palafita.

As imagens haviam sumido, mas a respiração de Tšahi continuava acelerada. Havia algo de terrível acontecendo. Ela escutou a avó gritar pelo irmão várias vezes. Tšahi não conseguia se mexer. Não sabia se era pavor puro, simples e forte como nunca havia experimentado, ou se era algo mais.

Por um tempo indeterminado, a menina ficou ali, presa naquele vazio, transitando entre a ansiedade e a agonia. De repente, a avó entrou com Tajarê e segurou a menina, obrigando-a a levantar-se.

— Vocês dois – disse a avó com firmeza. — Lembra que conversamos sobre este dia?

— Você disse que um dia daria uma ordem e eu teria que obedecer – disse Tajarê prontamente. — Que a vida da minha irmã dependeria disso.

— Sim – confirmou a avó. – Vocês precisam sair agora. Pega a canoa com sua irmã e rema para o norte.

— Mas vovó, você ficou doida? – estranhou Tajarê. – Hoje é dia de festa!

— Tajarê – insistiu a avó. – Há um homem que pode ensinar sua irmã a se defender desse monstro que vem aí. Procure por um nome: Rivera. Só confie nele. Repete para mim o nome, para eu saber que você entendeu?

— Rivera? – disse Tajarê.

Vários gritos e protestos começaram a vir de longe. Instintivamente, Tajarê saiu da palafita e foi em direção aos sons. Tšahi finalmente acordou do seu torpor e resolveu ir atrás do irmão. Aos protestos, a avó foi atrás deles. Ela dizia, avisava, mas parecia que era tudo em vão. Eles não conseguiam, ou não queriam, escutar seus protestos. Era uma noite bonita, o luar estava claro, o vento soprava do mar e podia-se ouvir poucas ondas quebrarem na praia. O som da música, da festa, havia cessado. Os gritos de protestos davam lugar a murmúrios. Tudo ficou mais quieto. Havia sido um dia feliz na aldeia. Infelizmente, foi o último dia daquela aldeia.

Ao aproximarem, viram um homem alto, de cabelos grandes e louros e roupa branca. Era uma roupa muito limpa para quem estava num pântano. Tinha uma cicatriz na face.

— Pare aí – gritou um dos guerreiros, o mais forte de todos, Iacareh Meht, que significa Braço Forte.

O estranho continuou andando calmamente. A avó de Tšahi olhou um dos sábios da tribo. Trocaram olhares e ele acenou com a cabeça. Com um gesto para Tajarê, ela apontou para uma canoa que estava na margem do rio. Depois olhou para Tšahi. Não houve discussões. Os olhos da menina encheram-se de lágrimas. Ela não entendia direito, mas sabia que era a última vez que veria a avó.

— Você não pode me parar, índio que nada rápido – disse o homem branco na língua dos *heroykwayma*. – Na verdade, devo dizer que vou aonde eu quiser, faço o que quiser. E o que eu quero, neste momento, você não vai gostar.

Braço Forte era um dos poucos que tiveram contato com brancos na tribo. Tanto portugueses quanto franceses. Mas sua cabeça não encontrava lógica nas ações daquele homem branco com olhos enfurecidos e que parecia um louco bêbado, fora de seu juízo.

— Vamos jogar este branco para fora daqui logo – disse outro guerreiro. – Ele deve estar louco e não sabe o que diz. A gente joga ele na água, não mata não. Só machuca, para recobrar o juízo.

— Você pode tentar – disse o homem. – Vai ser divertido.

Braço Forte teve um pressentimento. Estendeu a mão em um sinal para que seus amigos se contivessem.

— Quem é você? – perguntou Braço Forte em português.

— Eu sou aquele que perdeu esposa e filhos por causa de vocês – gritou o homem branco. – Eu sou aquele que quer vingança pelo que o saci e os curupiras fizeram. Eles tiraram tudo de mim porque fui o responsável pela morte de uma tribo como a sua. Foram lá e vingaram-se matando a minha tribo. Mas me ofereceram uma oportunidade. Você sabe o que é isso, índio idiota? Oportunidade? Sim, uma chance de me vingar. Me deram uma tarefa e, enquanto eu faço, me vingo. Aí, vi essa tribo sua aí, e disse a mim mesmo: "por que não?". Por que não levar aos outros os horrores que passei só porque eu agora posso? Tem vezes, índio, que a gente se pergunta se é bom ou se é ruim. E na verdade, ninguém é bom ou ruim. A gente faz escolhas na vida e elas nos levam para um caminho. Eu fiz uma escolha e agora é tarde demais para voltar atrás. Tarde demais para mudar de ideia. Vou fazer coisas ruins com vocês e isso vai me deixar mais forte. Aí, vou fazer mais coisas ruins. E azar de vocês que estão no meu caminho. E para responder a você, índio, meu nome é Fernando Alfonso.

— De onde você veio, homem branco? – indagou Braço Forte, desconcertado com o discurso. – Quem mandou você?

— Do inferno!

Um dos guerreiros, conhecido pelo sugestivo nome de Mata Onça, resolveu que já era hora de chegar mais perto. Aquele branco falava besteira demais. Braço Forte não o deteve. Estava certo de que aquele homem branco tinha algo estranho, mas devia ser só loucura.

O guerreiro aproximou-se do estranho. Era quase trinta centímetros maior que o homem branco. Foi andando e caiu duro antes de chegar perto dele. Não houve disparo de arma, apenas os olhos de Alfonso ficaram verdes.

A reação foi furiosa e mais cinco guerreiros atacaram o impetuoso invasor. Todos iam caindo, sem vida, diante do homem branco. Braço Forte sacou seu arco, colocou uma flecha. O disparo foi rápido e certeiro no peito do invasor. A flecha era de madeira forte, mas quebrou ao bater no peito do homem branco. Faíscas verdes saltaram quando as flechas tocavam o corpo do homem branco, que nada sentia. Vários guerreiros iam chegando e atirando, apenas para ver o mesmo efeito.

— O que você quer aqui? – perguntou Braço Forte.

— Sua alma – respondeu calmamente Alfonso.

— Quem mandou você aqui? – insistiu Braço Forte.

— Foi o diabo – disse o homem branco, agachando-se e segurando uma raiz que saltava do chão. Assim que ele a segurou, todo o chão ficou esverdeado.

Braço Forte sentiu algo gelado subindo pelos pés, depois as pernas, o tronco, o coração. Tudo ficou mais e mais frio. Até que seu coração pareceu ser congelado. Não viu gelo, não viu nada além de tudo ficando esverdeado. Sentiu que tudo ia ficando escuro, sentiu sua vida ir embora, ser tragada por aquele homem sorridente que segurava a raiz. Atrás deles, todos caíam, homens, mulheres, crianças, todos pareciam terem sua alma sugada para as mãos de Alfonso. Alguns conseguiram gritar, mas a maioria caía sem som e sem vida no chão da aldeia. Longe dali, com Tajarê remando a canoa, Tšahi conseguia ouvir o grito das poucas plantas que passavam perto. Ela segurou o som do choro, embora as lágrimas brotassem em turbilhão. Evitou olhar para o irmão, pois sabia que ele também chorava e concentrava-se ao máximo para não olhar para trás.

— Para onde vamos? – perguntou finalmente.

— Vou te levar para um homem branco. Um homem branco bom – cochichou Tajarê. — Ele está esperando na Freguesia de Santa Maria de Maricá. É um homem que fala com os deuses dos brancos.

Tajarê pegou um amuleto preto em forma de pentagrama, prendeu a um colar e colocou no pescoço da irmã; depois, entregou a ela o seu arco.

— Vai deixar comigo o seu arco mágico? – indagou a menina com os olhos cheios de lágrimas.

— Você sempre disse que queria para você, irmãzinha – respondeu Tajerê.

— E você, irmão? – perguntou a menina.

— Depois vou para o norte – falou Tajarê. — O homem branco falou comigo há muitas luas, que se isso acontecesse, era para levar você para ele.

— Eu não quero ir – disse Tšahi.

— Se não for, esse outro homem branco lá atrás vai pegar você, Tšahi – insistiu Tajarê, remando agora com força, a aldeia ficando cada vez mais para trás com suas luzes de raios de fogo. — E isso eu não posso deixar.

De alguma forma, Tšahi sabia que aquele homem estranho, que acabava de tirar quase tudo que ela possuía, quase tudo que era importante em sua vida, estava frustrado e com raiva. Ela sentia isso. Sentia que ele havia ido até aquelas palafitas para ter apenas uma alma, a dela. Mas não sabia explicar como sentia isso.

— Como se chama esse homem branco? – perguntou Tšahi.

— Rivera – respondeu Tajarê. — O nome dele é Rivera. Eu confio nele. Ele é bom. Se não fosse, eu não te levaria até ele.

— Como sabe que ele é bom? – insistiu Tšahi.

— Ele falou que isso ia acontecer – disse Tajarê. — Ele sabia o futuro. Podia ver o futuro. A única outra pessoa que eu sei que faz isso é você.

Jaciara acordou num sobressalto. Seu grito acordou Luís e Akim, que dormiam nas camas ao lado. Os dois levantaram-se em um pulo. Akim rolou em direção à sua espada com tanto susto que a lâmina ficou azul.

— *Chérie!* — gritaram os dois ao mesmo tempo.

A jovem indígena respirava ofegante, sentada na cama. Depois, começou a tossir. Os dois rapazes seguraram suas mãos.

— Estamos aqui, amiga – disse Luís. — Pode ficar calma. Seus amigos estão aqui.

— Você viu o presente, o passado ou o futuro? – perguntou Akim enquanto acariciava as mãos da amiga.

As Crianças de Ibitipoca

— O passado – respondeu a indígena. — O meu passado. Eu vi o homem branco que quer minha alma. Vi quando ele matou minha família toda. Vi quando matou a tribo inteira. É o começo do fim. No futuro, não vai ter mais Oitacás. Vamos deixar de existir. Outros homens brancos vão vir, piores que este... Piores do que este monstro...

— Procura se acalmar, *chérie*! — Luís acariciou os cabelos muito lisos da indígena. — Nós precisamos de você.

— Você só me chama de *chérie* quando acha que estou fazendo algo errado – observou Jaciara.

— Bate nele, Maria Jaciara! – disse Akim, provocando um riso discreto na moça. Era mais de alívio do que por achar graça.

— E você só me chama de *chérie* para me irritar. – Jaciara apertou forte as mãos dos dois amigos. — Acho que Rivera corre perigo. Não deveríamos ter deixado ele sozinho na capital.

— É o seu verdadeiro nome, Tšahi! – replicou Akim.

— Rivera falou para ter cuidado ao usar meu nome aqui na minha terra novamente – lembrou Jaciara.

— Tá, mas chérie é querida em francês – argumentou Akim. – É diferente de Tšahi.

— Soa quase igual, mas tudo bem, eu deixo – Jaciara sorriu.

— Tudo bem, uma coisa de cada vez! — Luís soltou a mão de Jaciara e sentou-se na cama de frente para ela. — Precisamos descansar, dormir, cumprir esta missão que Rivera nos deu como bons baluartes iniciantes que somos. Depois, nos encontraremos com ele no local que combinamos e pronto. E quero fazer isso, desta vez, sem perder ninguém que eu amo. Fui claro, *chérie*?

— Rivera me deixou no comando, por que você está com essa entonação de líder na voz? – perguntou Jaciara, agora já respirando mais calmamente.

— Ele também falou para agirmos como um grupo – disse Akim. — Um grupo em que cada um protege o outro.

— Você me ama também? — indagou Jaciara.

— Pois é, como assim, você ama a Jaciara também? — perguntou Akim fechando um dos olhos e deixando o outro apontado acusadoramente para Luís.

— Pelo amor de Jesus, para com isso, Akim – protestou Luís. — Vocês dois já se beijaram? Deveriam se beijar, sabiam?

— Por quê? – questionou Jaciara, apontando um dedo para Luís e outro para Akim. — Vocês dois já se beijaram?

— Não! – responderam os rapazes em uníssono.

— Parece que beijar é sua resposta para tudo, não sei – brincou a indígena.

— Muito engraçado, *chérie*! Mas lembra que temos que descansar. Faz dias que não temos uma cama decente como agora — disse Luís. — Eu não sei quanto a vocês, mas eu não gosto de dormir em barracas no mato. Vamos aproveitar o momento. Tem algo deste sonho com o futuro que você acha pertinente nos contar ainda hoje?

— Sim – Jaciara balançou a cabeça afirmativamente. — Eu entendi por que ele me quer. Esse tal de Alfonso. E não é só para se alimentar da alma de um baluarte. Ele pode absorver nossos poderes. E ele sabe que posso ver através do tempo. Ele quer isso. Precisa disso.

— Por isso Rivera teve todo esse trabalho para esconder você – concluiu Akim.

— Mais do que isso. Ele me preparou e treinou para enfrentar este monstro — concluiu a índia.

— Eu não entendo até hoje uma coisa. Por que ele não a deixou na Europa? – disse Luís em meio a um bocejo.

— Porque ele sabia que este homem branco viria atrás de mim cedo ou tarde e, por fim, me encontraria. É melhor se tornar caçador do que esperar ser caçado. Qualquer índio sabe disso.

Forças opostas

A pequena vila de Ibitipoca ficava espalhada entre morros de onde se podia ver outros morros e mais morros. A floresta cobria as elevações como se fosse um cobertor verde, acompanhando as ondulações. Mesmo com o amanhecer de um dia de céu com poucas nuvens, a pequena vila continuava vazia e muda, como se estivesse deprimida.

No centro da cidade, padre Everaldo caminha com os três jovens. Jaciara vai na frente como se fosse um cão farejador. Luís vai logo atrás, observando a amiga e os detalhes da cidade. Padre Everaldo segue depois, com seu andar cansado e preocupado. Por último, Akim, com uma coxa de frango na mão e sem parar de mastigar.

Eles passam por um pé de laranja, mas as frutas estão podres. Jaciara observa com atenção por alguns segundos e segue em frente. Luís vem logo atrás e também olha para os frutos podres.

No chão de barro e lama, há pegadas estranhas que Jaciara para e mostra para Luís. Eles continuam andando em direção à casa dos pais de Joaquim, mas pelo caminho percebem várias outras plantas mortas. As ruas continuam vazias, com uma ou outra janela aberta, onde mulheres velhas debruçavam-se para saber das novidades e ter assunto para futuras conversas.

— Não há ninguém nas ruas – comenta Luís. — Mesmo com a nossa chegada.

— A dor deles é grande demais. Eles escolheram sentir a dor dentro de casa. Se não as salvarmos a tempo, eles vão morrer de banzo — Jaciara olha acusadoramente para Akim.

O príncipe reconhece o olhar da índia e continua a comer sua coxa de frango.

— Sabia que os milhares dos escravos que seu pai vende morrem de banzo? - insistiu Jaciara. —Ficam tristes por que tudo lhes foi tirado: sua terra, sua família, tudo...

— Lá vamos nós de novo — suspira Akim com cara de tédio. — Meu pai não é traficante de escravos. Ele é rei.

— Mas ele tem o poder de proibir este tráfico, você tem que fazer alguma coisa.

— Jaciara, eu sou o quinto filho na sucessão - replicou Akim. —Nunca vou poder fazer nada sobre isso. Eu realmente não concordo com isso. Troquei a vida de um príncipe para lutar ao lado de vocês. O que mais você quer que eu faça?

— Trocou porque sua mãe pediu - lembrou Jaciara.

— E porque ele herdou os poderes da mãe - acrescentou Luís, divertindo-se com a briga dos dois, mas sem tirar os olhos das pegadas.

— Eu sou contra a escravidão, Jaciara, você sabe disso - diz Akim impaciente. — O que me irrita é que tem algo que você não quer me contar. Você vê alguma coisa no futuro, não vê? Algo terrível.

— Quando tudo isso acabar, a gente vai na sua terra e fala com seu pai. - Jaciara para e olha Akim nos olhos.

— Se você me contar o que vê, quem sabe? - responde Akim.

Jaciara faz uma careta. Ela tem uma careta específica para essas horas: infla a boca e as bochechas como se fosse um balão. É um sinal de que realmente está furiosa. Provavelmente porque não queria contar suas visões. Parte porque ela não as entendia completamente, parte porque algumas eram terríveis demais para serem lembradas.

— Se eu te contar, você promete que vai falar com seu pai? - pergunta em tom furioso.

— Tá... Concordo - responde Akim.

— Jura?

— Juro!

— Jura?

— Juro!
— Jura?
— Juro!
— Agora sim, jurou três vezes. Não tem mais volta.
— Então conta!

Jaciara faz a mesma careta e pega Luís pela mão. Os três param no meio da cidade. Luís fica sem entender nada. Jaciara estica a mão de Luís e coloca sua própria mão ao lado e faz com que o português fique imóvel naquela posição. Depois, pede com um gesto para Akim colocar a mão junto das deles.

— O que tem de diferente entre a gente? – pergunta Jaciara, fazendo todos manterem as mãos na mesma posição.

— Que, uma aula de biologia? – indaga Luís sem entender nada.

— Ela quer dizer a cor – responde Akim. – Não é isso? Você, Luís, é branco como leite, eu sou preto como café e ela é meio misturada. Ela é mais branca que os outros indígenas.

— Porque sou Oitacá – diz Jaciara impaciente. — Mas isso não vem ao caso. Você pegou um pouco da ideia. No seu país, onde seu pai é rei, qual a cor dos escravos?

— Temos brancos, pretos, amarelos, se houvesse verdes, a gente venderia também, mas a maioria ultimamente é preta – responde Akim. – A maioria da população do meu continente é preta. Os prisioneiros de guerra nos últimos anos são pretos, logo...

— Como se reconhece quem é escravo no seu país? – continua Jaciara.

— Eles têm marcas, tatuagens, braceletes... – responde Akim.

— E no Brasil? – indagou Jaciara. – Como você consegue saber de longe se a pessoa é ou não escrava?

— Pela cor? – foi a vez de Luís arriscar uma resposta.

— Pois é – concluiu a indígena. — Se já é assim hoje, imagina daqui a décadas, séculos... Ter a sua cor vai ser sinal de escravidão. Não interessa se você é escravo ou príncipe. E mesmo quando banirem a escravidão, isso vai continuar. Sua cor vai continuar sendo referência de alguém que deve ser tratado como escravo.

— Banirem a escravidão? – exclamou Akim. — Como assim? Meu reino vai ficar falido. A África inteira vai ficar arruinada financeiramente por ano...

— Centenas de anos... – Jaciara deu um sorriso amarelo. — Mas é inevitável. Mais um motivo para que vocês comecem a procurar uma alternativa de comércio que não envolva vender seres humanos.

Akim suspirou e tentou sorrir com paciência para a amiga. Sabia que as visões dela eram fortes e quase sempre confiáveis.

— Eu sei que você está bem-intencionada, amiga – diz Akim com ternura. — Mas vamos resolver este mistério agora e depois voltamos a falar nisso. Afinal, eu já prometi, não prometi? Tem a minha palavra! A palavra de um príncipe.

— Acho bom – diz Jaciara.

— Amigos, foco no problema atual – diz Luís olhando as pegadas. — Depois vocês brigam. Akim, você já percebeu a confusão aqui?

— Sim, trinta crianças desapareceram. Jaciara quer me bater.

— Estes cálculos você já fez. Nenhuma novidade nisso – disse Luís com sarcasmo.

— Eu sou o encarregado da matemática, da estratégia, dos cálculos, mas dessas coisas místicas da natureza, não entendo nada. Minha mãe tinha o poder mágico dos baluartes com a espada e foi isso que puxei. Eu uso o amuleto, uso a espada e vou lutar contra a escravidão em meu país. Mas só entendi que vocês perceberam alguma coisa. Que tal me falarem?

— Não precisa fazer conta ou ter poderes místicos, é só olhar a sua volta! – apontou Luís para as plantas.

Akim abaixou-se para um outro pé de laranja. Aproximou o rosto com cuidado para não tocar nos espinhos. Viu que estava seco. Estendeu a mão com cuidado para pegar uma laranja e, assim que a tocou, ela simplesmente virou pó.

— Estas plantas estão mortas – comentou Akim.

— Há plantas mortas por toda parte – mostrou Jaciara. — Isso significa que o solo foi profanado por um grande mal.

Luís pega o amuleto no pescoço e aproxima-o das plantas mortas. O amuleto adquire um tom avermelhado muito forte. Luís troca olhares com Jaciara.

— Há algo muito maligno por aqui, como você disse, Jaciara – concorda Luís. – Mas tem algo que não está fazendo sentido.

Jaciara aproxima seu amuleto das pegadas e ele fica azul.

— Há pegadas de curupira em toda parte – aponta Jaciara. — Mas o mal não está neles. Curupiras protegem a natureza, a floresta e as plantas. Nenhuma árvore morre na presença de um curupira.

Akim também usa o amuleto. Primeiro nas plantas, que fazem o fathor ficar vermelho, e depois nas pegadas, que fazem ficar azul.

— Não há maldade nos curupiras – diz Akim. — Eu não estou entendo é nada agora.

— Há um terceiro elemento aqui – conclui Jaciara. — E é definitivamente uma entidade maligna.

— Padre Everaldo, há lendas locais sobre algum tipo de bruxa? Ou dragão? – indaga Luís.

— A Coca? — indaga o padre. — Você acha que uma Coca saiu de Portugal para vir parar aqui na Colônia?

— Aqui chamam de Cuca. E é um ser que conheço bem.

— Sim, eu soube que foi uma Coca que... – padre Everaldo parece perder a coragem para completar a frase.

Luís tira o amuleto do pescoço e chega bem perto do padre Everaldo, para que ele veja mais claramente. O amuleto fathor, usado por todos os baluartes, passado de geração à geração. Embora seja referido normalmente como o amuleto de Pitágoras, por usar seu símbolo, o pentagrama, lendas apontam que já existia há muito mais tempo. Servia de proteção contra o mal, alertava sobre presenças sobrenaturais brilhando com cores específicas. Desta vez, o brilho não era nem azul e nem vermelho. Era um tom alaranjado.

— Sim, foi uma Cuca que matou minha avó. Meu pentagrama só fica dessa cor quando há um desses monstros por perto. Mas diga, há alguma lenda ou boato que possa nos levar a ela?

Padre Everaldo olha para o capitão Valadares, que observava de longe com seus soldados. Estava ali para proteger os baluartes. Embora não soubesse direito quem eram eles, sabia que representavam a chance de ter as crianças de volta e não iria deixar nada acontecer com esta esperança.

— Os pais do menino Joaquim falaram de uma bruxa que fica nas cavernas ao sul. Dizem que é uma mulher branca de cabelos amarelos. Às vezes, falam de um jacaré enorme e outras falam até de um dragão – diz Valadares, como se estivesse respondendo pelo padre Everaldo, que parecia engasgado com a possibilidade de tal criatura estar presente entre eles.

— Se uma Cuca pegou as crianças – suspirou padre Everaldo. – Então, há pouca esperança. Deus, como eu queria um pouco de rum agora!

—Esperança é a última que morre – diz Valadares.

— Mas é a primeira que entra em coma – lamenta o padre.

Akim ignora as lamúrias de padre e aponta para as montanhas ao longe.

— Acho que é só seguir as pegadas que vocês encontraram. Elas vão para o sul, para aquelas montanhas ali. Se seguirmos as pegadas dos curupiras, encontraremos a Cuca.

— Seguir pegadas de Curupira sempre é uma armadilha – decreta Jaciara.

— O que você sugere então, índia bonita?

Jaciara olha para o choroso padre com olhar de compaixão e volta-se para Akim e Luís. Depois, vasculha os diversos bolsos em seu cinto de couro, até achar uma pequena bolsa, de onde retira uma fruta verde cheia de pequenos espinhos molengos. Ela abre a fruta, revelando seu interior cheio de pequenas bolinhas vermelhas. Com a mão direita, ela segura o fruto, enquanto usa os dois dedos da mão esquerda para amassar as frutas, e, depois, passar a tinta vermelha a partir da maçã direita do rosto, passando pelo nariz até a maçã esquerda, repetindo o processo para traçar duas linhas vermelhas sobre o rosto. Estava agora pintada para a guerra. Estava pronta para a ação.

— Cair na armadilha, disse a indígena.

Akim sorri e desembainha a espada de lâmina curva.

— Agora sim, teremos ação – diz com ar de satisfação.

Onde vivem os curupiras

A floresta parece fechar-se e escurecer à medida que o pequeno grupo avança. Em determinado momento, parece que ficou noite, mas é apenas a mata densa.

O grupo vai com Jaciara sempre à frente, seguida por Luís e Akim. Capitão Valadares vai logo atrás com mais cinco soldados. Não há mulas, não há cavalos, apenas soldados carregando um suprimento de munição e armas.

Jaciara para e confere as pegadas. Passa a mão sobre elas levemente e cruza olhares com Luís e depois com Akim. Eles olham para as montanhas à frente que surgem ao longe. As horas passam e o sol se põe atrás delas e a escuridão chega apressada e imponente.

Agora são as tochas que se sobressaem na escuridão da floresta. Do alto da montanha, o grupo resume-se a luzes distantes. Algo peludo observa-os de longe. Os olhos são brilhantes e os cabelos começam a pegar fogo.

As tochas continuam mexendo-se na escuridão percorrendo a trilha. Luís olha de relance e percebe que há sinais luminosos pela floresta. Ele sabe que provavelmente são vaga-lumes, mas também podem ser outras coisas. Capitão Valadares olha a sua volta com a tocha, mas não vê nada. Faz sinal para os soldados continuarem.

Akim tira um cigarro de palha do bolso e acende, mas Jaciara passa, apaga o cigarro do príncipe africano e continua andando, deixando-o com cara de indignado. Ela também enxerga silhuetas que parecem observá-los das partes mais altas do morro.

Finalmente, o grupo entra em um tipo de clareira. Várias cabeças estão empaladas em estacas de madeira por toda parte. Alguns esqueletos no chão vestem trapos do que já foi uma roupa de bandeirante, outros, de colonizadores espanhóis. Algumas cabeças empaladas são caveiras, outras ainda guardam expressões de dor e sofrimento.

— Os moradores evitam esse lugar. Dizem que é amaldiçoado – comenta Valadares.

Akim olha para as cabeças empaladas e os corpos e volta-se para o capitão Valadares em tom casual.

— É mesmo? Por quê? – indaga Akim sarcástico.

Capitão Valadares permanece sério e Jaciara pega um capacete espanhol.

— Estamos em um ninho de curupiras – diz Jaciara olhando em volta. — Eles estão aqui há milhares de anos.

— Espero que eles não estejam com fome – sussurra Akim.

Jaciara balança a cabeça negativamente.

— Olhe os corpos. Não foram mutilados. Eles não comem as pessoas, só matam.

— Ah, bom! Assim eu fico mais tranquilo – suspira Akim.

O grupo entra em uma mata ainda mais fechada e cheia de corpos humanos espalhados. Não se sabe o que são plantas e o que são corpos do que um dia foram pessoas vivas. As plantas estão agora na altura da barriga deles. Os soldados estão cada vez mais assustados.

Uma das cabeças presa numa árvore chama a atenção de Akim, pois parece estar pregada num buraco no tronco da árvore. O dahomey aproxima-se da figura enquanto o grupo fica indeciso sobre por onde ir.

Akim chega a cara próxima ao rosto preso na árvore. Chega cada vez mais perto, até que o rosto abre os olhos e grita, fazendo com o que o príncipe de Dahomé gritasse ainda mais alto e caísse para trás assustado.

As plantas começam a se mexer e um soldado de fraque vermelho some como se fosse tragado pelo mar verde que banhava sua cintura.

Capitão Valadares desembainha a espada. Luís faz o mesmo logo em seguida. Os soldados apontam os mosquetes para todos os lados, mas nada aparece. Entretanto, mais dois soltados são puxados para dentro do mar verde.

As tochas vão se apagando e o local vai ficando ainda mais escuro. Um dos soldados dá dois passos para trás em direção a uma grande sombra de uma árvore. Algo o agarra e ele some gritando nas trevas.

Jaciara pega seu arco e flecha, mas algo também salta das trevas e toma suas armas. Dois curupiras aterrissam na frente dela e sopram o que parece ser um pó em seu nariz. A indígena cai inconsciente no chão. Mais dois curupiras surgem e começam a puxá-la em direção à montanha. Luís e Capitão Valadares avançam em direção às pequenas criaturas de pés virados que se confundem com as sombras e as plantas.

Um soldado atira, mas não sabe se acertou alguma coisa. Recebe vários dardos venenosos soprados pelos curupiras no pescoço. Ele grita e cai.

Akim corre para um lado, perseguido pelas criaturas. Quando se vê cercado, ele avança com sua espada, mas os curupiras são ágeis e tomam-lhe a arma. Ele se vê cara a cara com um curupira de dentes afiados. A criatura põe o canudo na boca para disparar um dardo venenoso, mas um disparo de escopeta acerta o monstro em cheio. Akim leva um susto e vira-se para ver quem foi seu salvador. Dá de cara com um dos soldados que tinha acabado de atirar. Logo em seguida, diversos curupiras pulam em cima do soldado e Akim tenta salvá-lo.

Enquanto isso, Luís e Valadares lutam para salvar Jaciara. Um dos curupiras assopra o dardo em cima de Valadares, mas ele consegue desviar e cortar a cabeça da criatura.

Luís consegue, brandindo a espada, afugentar os curupiras que carregavam Jaciara. Eles provocam o jovem, que os segue. Valadares tenta acordar Jaciara em meio à confusão. Luís vira-se e vê Jaciara acordando e Akim chegando ao lado dela. Ele, o último soldado vivo, e mais Valadares conseguem fazer um círculo de proteção à indígena que começa a acordar.

Luís suspira aliviado, mas quando se vira, dá de cara com outro curupira e a última coisa que vê é a criatura soprando o pó sobre seu rosto.

O maior dos pesadelos

O sonho começou tranquilo, com lembranças da infância em Óbidos e suas ruas cheias de histórias e lendas do passado. A cidade era cercada por muralhas enormes e protegida por um grande castelo erguido pelos romanos. Tomada pelos mouros, foi reconquistada pelos grandes reis e permanecia indiferente ao tempo. Lendas diziam que seus muros eram indestrutíveis, feitos de pedras místicas. Sua avó dizia que quando uma cidade mantém-se intacta por tanto tempo, suas paredes já não sabem se estão no passado ou no presente. Assim, você podia entrar pelas suas portas e sair no passado distante. Do mesmo modo, criaturas que deveriam ficar no passado conseguiam entrar em nosso mundo pelas portas do Castelo de Óbidos. Uma vez uma vizinha dissera-lhe que o nome da vila vinha da palavra óbitos, porque a cidade estava diretamente ligada ao mundo dos mortos. Sua avó gostava de contar histórias de fantasmas, bruxas e lobisomens, mas como ele passou a sentir muito medo, acabou explicando a verdade: que o nome Óbidos não deriva da parônima, óbitos, mas sim da palavra *oppidum*, que queria dizer cidadela ou cidade fortificada.

Isso não adiantou muito para o jovem Luís Vaz Monteiro, que na época tinha somente oito anos. Ele passou a não ir mais nem ao banheiro sozinho, com medo dos mortos virem buscá-lo. Imaginava como seriam os fantasmas do passado e lembrava das histórias sobre os mouros. Sua cabeça ficava cheia de pensamentos envolvendo figuras negras magras de cabelos longos e bocas grandes. A mania da avó de contar histórias não ajudava. Tinha medo da Moura Torta, prestes a usurpar o trono de belas princesas.

A pior de todas era a Coca, uma mistura de bruxa com monstro e fantasma que vivia nas terras do norte, principalmente em Monção, onde a avó havia nascido. O medo era maior em relação a ela porque poderia sair de dentro dos armários da casa. De qualquer casa, e os Monteiros moravam em uma casa grande em Óbidos, com muitos e muitos armários embutidos nas paredes antigas. Particularmente, havia um cômodo que despertava mais medo no menino Luís, um corredor no segundo andar que ligava a sala ao quarto de sua avó. Exatamente no meio desse corredor pouco iluminado havia um grande armário, cuja porta ficava sempre entreaberta. Na verdade, não fechava direito e o interior servia para guardar casacos mais pesados que eram usados somente no inverno. Não havia problema quando saía do quarto da avó, pois ela sempre estava lá, ou saía com ele. O medo vinha na hora de sair da sala e ir para o quarto, atravessar o corredor e passar em frente ao armário.

Não era difícil para um adulto imaginar algo horrível saltando de dentro daquelas portas. Na imaginação de um menino de oito anos, então... A Coca estava lá, com certeza! Com suas garras longas, a cabeça de crocodilo e os cabelos esvoaçados. Ela saltaria sobre ele com um som terrível, um rugido que se equipararia ao mais estrondoso dos trovões. Quando passava pelo corredor, podia sentir o hálito de podridão emanando de dentro do armário e a respiração demoníaca. Então ele corria, sempre com os olhos fechados, esperando sentir as garras saindo de pelos encardidos.

O resultado disso é que o menino trombava várias vezes com quem vinha passando, ou mesmo acertava a porta com sua cabeça loura, chegando por vezes a criar grandes galos.

Depois de levar sucessivas broncas da filha e do genro, a avó resolvera tentar reparar o problema de forma mais efetiva e chamou o menino pálido para uma conversa.

— Sabe por que eu conto estas histórias? – indagou a avó com seus olhos azulados e o rosto levemente maquiado.

— Para me traumatizar? – perguntou o menino.

— Não! – Balançou a cabeça impaciente. – Eu conto histórias porque não tenho medo.

A resposta interessou ao pequeno português.

— Por que a senhora não tem medo, vovó?

— Porque estou protegida!

— Protegida? – perguntou o garoto de olhos grandes e azuis. Os cabelos de milho querendo subir aos céus.

A avó tirou um amuleto da gola do vestido. Era dourado, com detalhes em prata. Não havia imagens do Cristo nele, era apenas uma cruz simples ornamentada por um relevo de espirais nas pontas. No centro, entretanto, havia uma estrela. A avó tirou a corrente dourada pelo pescoço e entregou ao neto, segurando suas mãos.

— Este amuleto foi me dado por um amigo na cidade de Metaponto, no sul da península itálica – explicou a velha senhora com um sorriso largo. – Ele tinha sido de meu avô, e antes dele, da avó dele. Este amuleto chama-se fathor e só pessoas especiais podem usá-lo, Luís. E eu vou dá-lo a você porque você é especial. Você tem um dom. Como eu tenho.

— Que dom eu tenho, vovó? – indagou o menino, fascinado pela conversa.

— Ainda vamos descobrir – respondeu a avó misteriosamente. – Eu percebo o jeito que você se equilibra nos muros da cidade. Sei que pula mais alto que todos os meninos. Mas o amuleto é quem realmente deu a prova final.

— E qual foi?

— Ele brilha perto de você. – A avó mostrou para o menino como o amuleto, que era negro, ficava acendendo uma luz branca quando estava perto. — Só os baluartes podem usar amuletos como este, meu neto. E estou dando a você. Enquanto usá-lo, estará protegido.

— Por que ele tem esta estrela, vovó?

— É um pentagrama – respondeu a avó, sorrindo diante da curiosidade do menino. – Ele é o símbolo da sabedoria. A melhor arma para combater as forças das trevas é o conhecimento, sabia?

— Não, não sabia vovó – respondeu simplesmente o menino, que estranhou o peso da peça de ouro em suas mãos. Pequena, mas pesada. O brilho dourado dava uma aparência nobre e poderosa. O pentagrama destacava-se em relevo no centro.

— Se a senhora me der isto, como vai se proteger? – perguntou o neto.

— Ora, eu já sou velha, o que a Coca iria querer comigo? – sorriu a vovó. – Eu tenho carne dura e cheiro à roupa guardada. Quando eu era uma jovem linda, precisava de proteção contra a Coca... E contra muitas outras coisas... Hoje, não mais.

Foi preciso um pouco mais de fôlego da vovó Acilea para convencer o neto, mas ele acabou cedendo e ficou com o amuleto durante todo o dia. À noite, porém, o menino acordou arrependido. Pegou o amuleto e foi devolver para a avó no quarto que ficava no andar de cima. Não foi fácil. Subiu as escadas de madeira que rangiam no meio da escuridão. O som lembrava a risada de uma velha bruxa, com cabeça de dragão. O menino seguia com uma lamparina que não iluminava muito a sua frente. Ele sabia o caminho, pois passara toda a sua vida até então naquela casa grande. Os corredores agora, entretanto, eram labirintos de breu gelado. Mas quando chegou à entrada do corredor que levava ao quarto de sua avó, Luís percebeu uma luminosidade tênue emanando do recinto. Ela devia estar lendo. Sempre lia à noite sob a chama de sua lamparina. A avó adorava Camões, de onde obrigara a filha a batizar o neto com o nome do escritor galego Luís Vaz. Gostava também de Miguel de Cervantes, cujas histórias de Dom Quixote de La Mancha preencheram os momentos com o neto. Essa lembrança tranquilizou Luís Vaz Monteiro e ele começou a andar para o interior do tenebroso corredor. O piso de madeira denunciando seus passos com sons abafados. De repente, a luz apagou-se no quarto justamente quando ele começara a aproximar-se do armário maldito. O menino então hesitou. Ficou imóvel na escuridão, esperando as luzes da lamparina definirem os contornos do corredor. Seus olhos iam se acostumando ao pouco que a chama oferecia até que viu algo que não deveria estar ali. No início, pensou ser sua avó que caminhava no corredor. Depois, sentiu o cheiro. Segurou o amuleto de ouro com força com uma mão e a lamparina na outra. O contorno foi se definindo. Os cabelos lisos esvoaçantes, o rosto era branco como o de um cadáver, mas não era uma face humana. Os olhos eram de um amarelo vivo e brilharam refletindo a luz da lamparina. Luís não conseguiu gritar quando a criatura aproximou-se com um sorriso predador. A boca abriu-se e estendeu-se quase até o chão e teria arrancado o braço do menino se algo não a detivesse. O amuleto pareceu brilhar suavemente e o monstro parou e rugiu. Não era um som deste mundo. Parecia mais um uivo desesperado de um lobo. Luís não conseguia gritar, sua voz não saía, mas conseguiu correr para seu quarto o mais rápido que podia. Sentia o hálito da criatura em sua nuca. Chegou a esperar o momento em que os dentes perfurariam sua carne, interrompendo sua corrida, mas isso não aconteceu. Ele entrou em seu quarto e virou-se finalmente em direção à criatura, mas não viu nada. Fechou a porta em um estrondo. Segurou o amuleto e fez a única coisa que podia: rezou.

A voz demorou a vir. Ficou vários minutos rezando. *Por que meus pais não aparecem logo? O barulho foi alto, o rugido deveria ter acordado até os criados na casa ao lado.* Finalmente lembrou de sua avó. *Ela estava sem o amuleto!.* Foi aí que sua voz retornou com toda força. Gritou pelos pais com toda a potência de seus pulmões. Em menos de um minuto, o medo da Coca diluiu-se, dando lugar a uma urgência. *Tenho que salvá-la.* Não esperou mais sinais dos pais acordando. Resolvera que enfrentaria a criatura a todo custo. *Onde está a espada de meu pai? Ele guarda na sala de entrada, não dá tempo de pegar.* Abriu a porta esperando que o monstro saltasse sobre ele. Aceitaria a morte sem problemas, mas não aceitaria deixar a avó à mercê da Coca. Então Luís correu em direção ao corredor. No caminho, ouvia as pessoas acordando, exclamações e indagações. Sua voz saiu firme em um grito corajoso e furioso. Os passos eram firmes quando entrou na escuridão. Passou pelo armário e abriu a porta do quarto da avó.

Não havia nenhuma Coca no recinto. *Venha, maldita! Venha me pegar!*, provocou em seus pensamentos. Mas nada apareceu. Voltou os olhos para a cama de sua avó. Sua mão levou a lamparina para iluminar o lugar. Atrás dele, passos apressados no corredor. A sua frente, os olhos arregalados de sua avó jaziam sem vida. O rosto estava branco e retorcido. Os cabelos, desgrenhados. Era como se ela tivesse visto algo mais horrendo que a morte.

Seus pais entraram afoitos no quarto e encontraram um menino chorando ao lado da avó morta. Na manhã seguinte, o médico da vila concluíra que dona Maria Elza teria sofrido um infarto enquanto dormia e o menino precisava estudar fora para esquecer o trauma.

As imagens ainda estavam na mente de Luís quando acordou suado no meio da noite. Ele se levantou cansado e caminhou pelos vários corredores dos alojamentos até a despensa, onde encheu uma taça de água fresca e pegou pedaços de pão e queijo. A cada armário embutido que passava em

As Crianças de Ibitipoca

seu caminho, fazia questão de parar e olhar. Para sua infelicidade, não havia nenhuma Coca ou monstro parecido. *Você não pode fugir de mim o resto da vida, um dia vou encontrá-la de novo. Quando esse dia chegar, que Deus tenha piedade de você, pois eu não terei.* Luís nunca mais teve medo do escuro. Nunca mais temeu ser surpreendido por monstros. Na verdade, ansiava por isso e tinha a impressão de que eram as criaturas das trevas que o temiam.

Luís acorda aos poucos. A visão vai ficando menos turva e ele vai percebendo melhor que está numa caverna que mais parece uma masmorra. Depois, as coisas ficam mais claras. Não é uma masmorra, embora ele esteja amarrado. É algo semelhante aum laboratório, com livros de aparência antiga, cumbucas, uma larga mesa com vários objetos estranhos em cima e um grande caldeirão no centro.

Ali, ao lado do caldeirão, mexendo como quem prepara uma sopa, estava uma criatura horrenda, a mesma que Luís recordava de diversos pesadelos. Parecia um grande e gordo jacaré, mas com dentes desproporcionais. A Cuca percebeu que o jovem baluarte havia acordado.

— Eu diria para não temer, humano. Diria que não mordo. Mas em ambos os casos, eu estaria mentindo.

Luís tenta olhar em volta, ainda recobrando a consciência. O monstro sentou-se e olhou para ele; embora fosse praticamente um réptil, tinha seios que deixava descobertos, caídos sobre a barriga redonda. A boca ia até o meio do umbigo. E havia uma cabeleira loura que ia da testa até cair pelos ombros. Usava ornamentos em torno do pescoço e carregava um cajado. Não pareciam ser coisa dos indígenas locais. Pareciam ser de origem Celta.

— Escute, humano – prosseguiu a Cuca. — Sei que sou repulsiva e monstruosa para você, não é? Não, não precisa responder, eu sei. Mas você também é para mim. Existem incontáveis mundos além desta Terra e a vida neles assume muitas formas. Não sou nem deus, nem demônio, mas um ser de carne e osso como você, embora a substância seja em parte diferente. Por isso, em consideração a você, assumirei uma forma mais repulsiva para mim, mas que seja mais fácil de me comunicar com você.

O monstro com cabelos amarelos e cabeça de dragão transmuta-se em uma mulher de aparência comum. Vestida como se fosse uma mera habitante da região. Não dá para determinar sua idade. Ela não é nem muito nova, nem muito velha. Luís fica tentando livrar-se das correntes que o prendiam.

— Está melhor assim, jovem Luís Vaz Monteiro? – pergunta a Cuca, agora com um corpo totalmente humano.

— Você, você matou minha avó! Eu lembro daquela noite! Era você!

A Cuca suspira. Com os dentes protuberantes, não é possível saber se está rindo ou zangada.

— Eu sei que sua avó foi morta. Mas não fui eu. Há muitas de nós. Somos velhas, ó, homem da Galícia; eras atrás, viemos para seu mundo, vimos os homens evoluírem dos macacos e construírem as reluzentes cidades. Estávamos lá quando o gelo cobriu quase toda as terras, e quando o gelo derreteu, vimos as águas tragarem Atlântida.

— Vocês vieram de outro mundo? – indagou Luís.

— Há onze dimensões habitadas, jovem baluarte. Vocês mal percebem as quatro dimensões básicas. Nós os vemos o tempo todo, mas vocês não podem nos ver. Seus olhos não apontam para onde estamos, Luís. Vivemos num mundo sutil bem perto de vocês. O seu mundo afeta o nosso e vice-versa. Aliás, esse é o problema. Vocês não são exatamente vizinhos agradáveis.

— O que querem com as crianças da vila? – Luís continuava tentando soltar-se das amarras, mas seus esforços pareciam inúteis. — Onde estão elas?

— Quando eu abrir o portal dos espelhos, tem que haver uma troca. Se um sai para o mundo dos vivos, outro precisa entrar para o mundo dos mortos. E, convenhamos, crianças são mais fáceis de enfeitiçar que adultos.

A Cuca faz um gesto para cima e Luís vê dezenas de crianças flutuando em círculos no teto da caverna. Parecia um redemoinho formado por crianças de braços abertos. Algumas rodopiam sobre si mesmas enquanto seguem o fluxo do redemoinho. Luís pode ver que estão com os olhos abertos, mas totalmente negros.

— Você nunca vai conseguir dominar este mundo! – rosnou Luís, possesso. — Nem com um exército de seus demônios!

A Cuca dá uma gargalhada.

— Dominar o mundo? É isso que pensa, jovem baluarte? Que queremos dominar seu mundo? E como já disse, não sou demônio. Talvez vocês sejam. Vocês destroem o seu mundo. O problema é que destruindo o seu, também destroem o nosso. E aí temos um problema a ser resolvido. Vocês derrubam árvores com uma velocidade impressionante. Os indígenas já queimavam antes de vocês. Mas agora a coisa está ficando fora de controle e vai piorar. Você não tem ideia.

— O que espera de mim? – perguntou Luís com raiva. — Quer que eu converse com os colonos? Espera que eu seja intermediário? Diga o que quer de mim! Espera que eu a ajude?

— Não, senhor Luís, eu espero que morra! Preciso de um sacrifício humano para abrir o portal. Precisa ser um sangue específico e você é um baluarte. Sua avó morreu por causa disso. Foi com o sangue dela que conseguimos poder inicial para chegar até vocês.

No fundo da caverna, algo que parece ser um grande espelho opaco começa a emitir sons, como se dezenas de monstros como a Cuca estivessem aproximando-se. De repente, várias marcas de mãos que mais parecem garras tocam o que deve ser o outro lado do portal. O som fica mais forte.

— A conversa está boa – continuou a Cuca —, mas agora preciso arrancar seu coração para abrir o portal. Tem muitas amigas querendo entrar neste mundo. Suas crianças vão adorar a minha dimensão. Talvez até sobrevivam por lá alguns dias.

Luís consegue ver Jaciara movendo-se atrás das pedras, em um ângulo que Cuca não consegue ver. O jovem percebe que o grupo está se posicionando para atacar o monstro que está de frente para ele, mas prestes a virar-se justamente na direção de Jaciara. Luís percebe que precisa fazer alguma coisa. Precisa chamar a atenção da Cuca para que ela não veja o grupo.

— Mas espera um pouco. As árvores, as plantas, os pássaros... Eles morrem por onde você passa. Eu vi – falou Luís. — Você não quer salvar este mundo. Eu acho que mentiu para os curupiras e está mentindo para mim!

A Cuca para o que está fazendo e vira-se para Luís. Depois, pega um grande punhal na mesa e dirige-se ao local onde está o baluarte preso.

— Então, isso tudo é conversa mole, não é? – insiste Luís.

A Cuca então transfigura-se de novo e o monstro aterrorizante faz-se presente no recinto. Luís chega a sentir um calafrio na espinha ao ver a imagem aterradora.

— Então, talvez eu não esteja dizendo toda a verdade, não é, senhor Luís? Talvez eu só tenha dito o que os curupiras queriam ouvir. Talvez nós precisemos da força vital das árvores para nos manter vivas eternamente.

E em verdade vos digo, a força vital dos curupiras também vai ser um bom alimento. Talvez tenhamos drenado nosso mundo e agora precisemos do seu. Talvez eu esteja para começar o que vocês, na sua ignorância, chamam de Apocalipse. Ou talvez, talvez, viemos de um lugar tão difícil de você entender que qualquer coisa que eu diga não fará o menor sentido para sua cabeça. Então, é melhor morrer logo na ignorância. Sabia que em várias dimensões, entre vários universos, humanos são os únicos seres que dizem que ignorância é uma benção? Vocês são estranhos, sabia?

A Cuca aproxima-se de Luís, que se contorce de forma frenética, desesperada, porém, inútil, na mesa. Ela usa suas garras para arrancar a camisa do rapaz. Depois, usa as duas mãos para erguer o punhal, que brilha sob a luz das tochas que iluminam a caverna. Quando faz um movimento para cravar o punhal no coração de Luís, um rugido hediondo ecoa sobre a caverna. É o rugido da própria Cuca. Sangue jorra por cima do rosto de Luís, mas não é o dele. O punhal cai ao lado da orelha do jovem baluarte. E no braço da Cuca há uma flecha cravada.

Jaciara estica o arco e dispara no peito da Cuca, que ruge ainda mais alto, como um monstro furioso.

— De onde vêm essas flechas? – perguntou Valadares perplexo ao lado da indígena.

Jaciara novamente puxa o arco devagar, para que Valadares visse a flecha aparecer do nada antes de disparar.

— É um tipo de mágica – disse a oitacá enquanto mirava. — Não é melhor você ajudar Akim com os soldados que trouxe?

— Mas depois temos que conversar sobre isso – disse Valadares, dirigindo-se à entrada da caverna enquanto Akim chega com vários guardas.

— Posição! – gritou Valadares, fazendo com que os guardas preparassem os mosquetes que traziam consigo. — Atirem!

Cada tiro que pega na Cuca é um rugido horripilante que ressoa na caverna.

O monstro revida jogando um estranho cristal verde sobre um dos guardas de jaqueta vermelha. Durante o percurso, o cristal parece transformar-se em uma bola de plasma de cor esverdeada e atinge em cheio o soldado. Ele grita de dor e arde em uma chama esverdeada até se transformar totalmente em cinzas.

Depois, ela usa suas poderosas garras para rasgar a garganta de outro soldado, que cai no chão gemendo de dor. Capitão Valadares acerta um tiro no ombro da bruxa, que novamente grita, mas depois contra-ataca com suas garras, arrancando o mosquete das mãos dele e rasgando gravemente seu braço. Valadares cai no chão.

Logo em seguida, a Cuca é rapidamente cercada pelos soldados armados. Mais tiros são disparados contra o monstro, que parece gravemente ferido. Acuada, a Cuca parece uma fera olhando para os lados, buscando uma forma de atacar. Os buracos abertos por flechas e tiros sangram um líquido negro e viscoso.

Akim finalmente consegue soltar Luís.

A Cuca então tenta outra investida pegando outro cristal esverdeado, mas Jaciara acerta novamente o monstro no braço. Mesmo assim, a Cuca insiste e pega outro cristal. Dessa vez é Akim quem avança e corta o braço inteiro dela fora.

Jaciara aponta sua flecha para o coração da criatura horrenda que fica finalmente parada.

— Vocês pensam que venceram, humanos, mas meu exército de curupiras já está vindo. Vocês serão devorados em pouco tempo e nem saberão o que os atingiu. E logo em seguida, muitas outras de mim atravessarão esse portal e seu mundo vai ficar, digamos, bem diferente.

Um grupo de curupiras entra na caverna atrás dos guardas. Eles têm cara de poucos amigos. Os dentes rangem e pode-se ouvir rosnados. Os soldados, porém, não desviam a mira da Cuca, praticamente ignorando a presença dos curupiras.

— Saudações, Vossa Malvadeza! – diz Akim de espada em punho.

A Cuca dá um rugido assustador o príncipe, que faz até uma careta de susto.

— Matem esses baluartes – ordena a Cuca aos Curupiras.

Os curupiras, porém, chegam, chegam, mas não atacam os baluartes. Apenas cercam a Cuca.

— O que houve com vocês, filhos das trevas? – indaga a Cuca furiosa. – Não ouviram minhas ordens?

— Acho que eles não acreditam mais em você – diz Luís sorrindo, mas ainda amarrado.

Jaciara e Valadares saem do lugar em que se escondiam apontando suas armas, o mosquete e o arco, para a Cuca. Os curupiras aproximam-se cada vez mais dela com cara de poucos amigos.

— O que houve com vocês? – indaga o monstro.

Akim usa a espada para desamarrar Luís. Jaciara mantém o arco pronto para atirar.

— Se eu estivesse no seu lugar, mataria Luís logo e não ficaria explicando meu plano – diz Jaciara. – No futuro, isso vai acontecer muito e nunca vai dar certo.

— O que houve com vocês? – bradou a Cuca para os curupiras. — Vocês estão sob o meu comando. Temos uma aliança.

— A menos que alguém, ou algum de nós, como essa índia alta aí, soubesse falar a língua dos curupiras e explicasse para eles que você estava mentindo. E quem sabe, enquanto você fazia o seu discurso, nós estivéssemos logo ali atrás escondidos, junto com os curupiras, ouvindo tudo o que você confessava. Acho que eles entendem um pouco de português. Não são tão burros quanto pensa.

—A nossa proposta é simples – diz Jaciara. — Você liberta as crianças e a gente não te mata, *capicce*?

— Ela é portuguesa, não italiana – corrigiu Akim.

— Ela entendeu – disse Jaciara.

Ferida e bufando, a Cuca faz um gesto com as mãos e as crianças começam a descer do alto da caverna. Mesmo ferido, capitão Valadares corre para verificar se elas estão bem. Ele não sabe, mas o menino que ele pega nos braços e abre os olhos com cara de assustado é Joaquim.

— Eles estão bem, eu acho! – diz Valadares.

Jaciara fica firme com o arco. Sem piscar e sem tirar os olhos da Cuca.

— Muito bem, dona Cuca. Você pode, calmamente, sem movimentos bruscos, ir embora daqui e não voltar mais.

Akim aponta a espada para a Cuca enquanto se vira para Jaciara.

— Vai ter clemência por este monstro, Jaciara? — indaga Akim. — Ela é perigosa. Vai querer vingança.

Jaciara dá um sorriso e encolhe os ombros.

— As crianças estão vivas. Ela cumpriu o trato. E, como ela disse, nós somos humanos. Somos estranhos, não somos? – diz a indígena. — E quero deixar bem claro que neste universo, nós, humanos, somos capazes de ter clemência. Espero que isso seja lembrado no futuro.

A Cuca começa a andar para trás, em direção a sua mesa cheia de poções e livros. Os soldados de Valadares também não abaixam as armas, tensos.

— Muito bem, menina dos oitacá – disse a Cuca arfando. — Talvez a gente ainda se encontre mais para frente.

Com uma agilidade incrível, a Cuca pega outro cristal esverdeado e joga em direção a Jaciara. Novamente, o cristal transforma-se em uma bola de plasma verde. Antes, porém, de atingir a índia oitacá, Luís entra na frente, segurando fortemente o amuleto em direção à bola de plasma. Ela bate no amuleto e volta para a Cuca. Quando é atingida, a bruxa é envolta em uma chama verde. Novamente seu rugido apavorante toma conta da caverna e, num clarão, o monstro é tomado por chamas esverdeadas. O corpo de jacaré dá lugar a um esqueleto monstruoso que se contorce freneticamente. As luzes verdes iluminam toda a caverna enquanto a criatura se contorce. Atrás dos espelhos, saem uivos e gritos diabólicos e raivosos. O monstro continua debatendo-se até virar cinzas e desfazer-se.

Luís ainda permanece alguns segundos petrificado, segurando o amuleto que fora de sua avó. Akim faz um gesto de vitória e solta um grito, como se acabasse de marcar pontos em algum jogo.

As crianças começam a acordar e a levantar-se. Jaciara vira-se para os curupiras e faz um gesto com a mão.

— Estamos em paz agora, amigos – diz a indígena calmamente. — Vamos tentar manter assim.

Os curupiras repetem o gesto com a mão, viram-se e vão embora da caverna. Akim abraça Luís e depois Jaciara, que só agora baixa o arco e a flecha. Os três cumprimentam-se. Capitão Valadares acena positivamente, embora com o braço visivelmente sangrando. Jaciara ajuda-o a levantar-se.

Bom trabalho, baluartes! – diz finalmente Valadares.

A volta dos que não foram

De manhã e os primeiros raios do sol iluminam as ruas da pequena vila. As casas estão com as janelas fechadas ainda. Mas uma porta abre-se e Leonora sai com uma vassoura, varrendo a varanda. Depois de uma varrida rápida, ela volta para casa e retorna com um regador. Começa a molhar as plantas e percebe que elas agora estão mais vivas, mais coloridas.

Depois, vem Miguel cabisbaixo de dentro da casa. Ele carrega um dos livros de que o filho tanto gostava. Leva-os no colo como se ninasse um bebê. Os olhos estão cheios d'água. Leonora para o que estava fazendo e abraça o marido. Os dois não seguram as lágrimas e olham para os livros carregados de culpa e tristeza.

Mas no horizonte, em meio aos raios de sol que banham a cidade, há um vulto, um pequeno ponto escuro agitado. Percebe-se que é uma criança correndo. Os pais viram-se na direção da criança atraídos pela agitação. Aos poucos, eles parecem não acreditar no que veem. É Joaquim correndo.

Leonora deixa cair o regador e corre em direção ao filho, enquanto Miguel deixa os livros com cuidado na varanda antes de também correr. Os três abraçam-se no meio do caminho.

Várias crianças parecem invadir a pequena vila, batendo nas portas das casas. Gritos de alegria misturados com choro de felicidade invadem o ambiente.

Logo após, surge a comitiva com Luís, Akim e Jaciara, junto com o capitão Valadares, com uma tipoia no braço e o que restou dos soldados. Padre Everaldo vem recebê-los junto com Gabriela.

— Louvado seja Nosso Senhor Jesus Cristo! Louvados sejam vocês! – comemora o padre.

— Capitão Valadares, o senhor está ferido! Minha Nossa Senhora! – exclama Gabriela preocupada e cheia de mimos com o oficial.

— Foi só um arranhão – responde Valadares, mal conseguindo mexer-se.

— Vamos lá para dentro que vou cuidar do senhor com todo carinho que o senhor merece, afinal, é um herói! – diz a freira.

Enquanto Gabriela leva o capitão para o interior da igreja, padre Everaldo olha orgulhoso os pais e as crianças abraçando-se na vila. Depois ele mesmo abraça os três jovens.

— Vocês realmente fizeram um excelente trabalho aqui, baluartes. E você, jovem Luís, honrou o nome da sua avó. Com certeza são muito bem-vindos aqui na nossa humilde vila, mas temo que as notícias que chegam da capital não são de descanso. – Padre Everaldo olha em direção a um grupo de cavaleiros que se aproxima. — Na verdade, parece que há uma nova missão para vocês.

Uma comitiva de homens a cavalo aproxima-se. Um deles desmonta, está vestido com o uniforme de alferes. Ele se aproxima e cumprimenta os jovens.

— Saudações, baluartes, trago notícias de Padre Rivera – diz o alferes formalmente.

— Ele está bem? – pergunta Jaciara aflita.

— Ele está ferido, mas se recupera bem. Está no arraial de Santo Antônio do Paraibuna.

— Ferido? Como? – insistiu Jaciara.

— Ele teve um embate grande no Rio de Janeiro, mas está bem melhor – informou o Alferes. – Eu mesmo o ajudei a chegar no arraial. Viemos pelo Caminho Novo. Ele requisita a ajuda de vocês para um problema. Ele me mandou em comitiva para escoltá-los – diz o alferes cordialmente.

— Que tipo de problema? – pergunta Luís.

—Pessoas estão morrendo por ataque de uma criatura feroz. São várias, eu já vi. Parecem pessoas, mas alguns possuem cauda e chifres, mas tem um pé só e movimentam-se rápido na forma de rodamoinhos – tentou explicar o alferes.

— Sacis demônios – sussurra Jaciara.

— É... – concorda o alferes. — São muitos e parece ser impossível matá-los.

— Que lindo! – diz Akim com um sorriso amarelo. — A gente pode comer alguma coisa primeiro ou precisa ir agora?

— Partiremos amanhã – diz o Alferes. — Acho que vocês merecem um descanso.

— Bondade sua, alferes – diz Luís. — Nós agradecemos pela notícia e agradecemos à comitiva. Venha também se juntar a nós. Temos muito a comemorar.

— Ele está certo, alferes – diz Akim. — E agradecemos por ter ajudado Rivera. Qual o nome do senhor, alferes?

— Eu sou Joaquim José da Silva Xavier. As pessoas me chamam de Tiradentes.

— Será uma honra ter sua companhia, senhor... Tiradentes – diz Luís, apertando a mão do alferes.

— Que bom, mas agora podemos comer? – sugere Akim.

— Acho que Gabriela vai deixar até eu beber hoje – diz padre Everaldo enquanto contempla as crianças e os pais abraçando-se.

Jaciara também contempla a cena. Pais, mães e filhos abraçando-se. Famílias. Coisa que ela já teve um dia, mas preferia não pensar naquilo agora. Era estranho como as lembranças podiam assombrar nossa alma de uma maneira mais intensa que qualquer criatura das trevas. A indígena percebeu uma lágrima escorrendo sobre a tinta vermelha de guerra em sua face. Pintar o rosto de vermelho era um hábito que talvez nem fosse de sua tribo, os oitacá.

— Depois de hoje, até eu aceito uma bebida – diz finalmente Jaciara antes que percebam seu choro. — Tem rum?

— Para meus queridos baluartes, a despensa está aberta. — Padre Everaldo faz um amplo gesto convidando a todos a irem em direção à igreja. — Venham! Venha também, senhor Joaquim José. Aceite nossa hospitalidade antes de partirem para a próxima aventura.

Assim, a pequena Vila de Ibitipoca festejou o retorno de suas crianças com a presença dos baluartes. A festa duraria mais de um dia. Um dia que ficaria marcado para aqueles pais como o dia em que seus filhos renasceram.

E abraços, beijos e carinhos com os eles passaram a ser mais intensos naquela vila do que em todas as outras, pois o gosto da possibilidade de perder os filhos fizeram-nos valorizar cada minuto que fossem passar com eles daquele momento em diante.

O Fantasma de Montaodeo

O galpão de Galvani

*Lombardia, Universidade de Pavia,
República da Sardenha, maio de 1779.*

O verão ainda demoraria duas semanas para chegar e as flores coloriam as ruas de Pavia com tonalidades de vermelho e amarelo. O sol brilhava soberano sem nuvens naquele que parecia ser o dia mais quente do ano até então. Entre margens de grama verde, o rio Ticino entrava grandioso e tranquilo pela cidade.

Era um dia perfeito para os dois jovens que se sentavam tranquilamente no pátio da universidade de Pavia. Entre eles, um tabuleiro de xadrez pousado sobre uma mesa redonda ornamentada com pétalas de rosa feitas com uma técnica de xilogravura. O mais velho chamava a atenção pela sua altura acentuada e pela magreza quase incômoda. Tinha 17 anos e o rosto alongado, com a boca pequena e cabelos lisos, quase brancos de tão claros, que lhe valiam o apelido de Espigão. Os olhos azul-celeste eram excessivamente meigos e davam-lhe um ar ingênuo, às vezes meio abobado. Mas quem julgasse Luís Vaz por essa aparência estaria redondamente enganado. De fato, era considerado esperto até demais para a sua idade. Esperteza essa que lhe trazia mais problemas do que benefícios. Mas hoje ele não estava preocupado com isso, concentrava-se no jogo com o seu jovem pupilo, que protestava sem parar.

— Você provavelmente é o pior professor de xadrez do ducado de Milão, senhor Monteiro – afirmou em italiano o jovem a sua frente. – Na minha terra, ninguém me manda jogar sem a rainha.

— Onde é a sua terra? – perguntou o professor enigmático.

— Sardenha – respondeu o aluno.

— Você nasceu em Ajaccio – corrigiu o professor. — Isso fica na França.

— Mas fica em terras que já foram romanas – protestou. – Gosto de pensar que sou descendente dos grandes romanos.

— Ainda é! Mas certas coisas mudam, jovem aluno – concluiu o professor. — Assim é o xadrez. Você precisa enxergar todos os lados, todas as mudanças de paradigmas. É assim no xadrez e é assim na vida.

Pupilo e professor possuíam a boca pequena, mas no resto, ao menos fisicamente, eram praticamente o oposto um do outro. O pupilo contava onze anos de idade e tinha estatura pequena e a cabeça redonda com bochechas largas e rosadas. Não era propriamente obeso, mas forte. O rosto era largo e tinha um olhar penetrante que não desgrudava do jogo.

— Eu sou o melhor professor de xadrez da Europa, senhor Di Buonaparte – respondeu em francês. – Se você se acostuma a jogar em desvantagem, pode aprender a transformar essa pretensa desvantagem em uma vantagem.

— Mas eu sempre perco! – replicou. — E pare de falar francês comigo. Eu não consigo entender esta língua. Vamos continuar conversando na minha língua. Pode ser?

— Está bem, Napoleão – concordou o professor, falando agora em italiano. — Mas terá que aprender francês se seu pai for realmente morar lá. Eu só estou tentando adiantar sua vida.

— Tudo bem, mas uma coisa de cada vez. – Napoleão gesticulou tanto com as mãos que quase derrubou as peças do xadrez. — Primeiro me diga o que está tentando me ensinar no xadrez. Pode ser? Por que eu perco neste jogo?

— Perde porque não sabe olhar e perceber as coisas – continuou Luís inabalável. – Olhe o jogo. Coloque-se no lugar de seu inimigo, pense como ele e antecipe as jogadas.

— O objetivo do jogo de xadrez é conseguir uma vantagem e ganhar o jogo. Se eu já começo o jogo em desvantagem, perdi antes de começar.

— Você não está levando em conta o que falei semana passada, senhor Di Buonaparte.

O jovem desviou o olhar do jogo e fitou o português.

— Falamos sobre Platão – ficou em silêncio por dez segundos. — O que Platão tem a ver com xadrez?

— Ora, senhor Di Buonaparte, é capaz de fazer melhor do que isso. Tenho certeza.

— Platão fala sobre sombras na parede...

— Não, não, não... – protestou com acentuada irritação. – Você tem que enxergar além disso. Se vemos apenas sombras do que é real, seria correto dizer que o real também pode derivar do que pensamos dessas sombras. Se acredita que está vendo a sombra de uma derrota, provavelmente verá a derrota viva diante de si. Mas você pode fazer o contrário, acreditar na vitória. Enxergar aquela sombra como um prelúdio do triunfo. Não é o que Jesus nos disse? Ter fé antes de ver? Se você enxergar antes de acreditar, não é fé, pois não?

— Não estou questionando a eficiência de seus ensinamentos, senhor Monteiro. Ganhei de vários meninos do campeonato ontem, derrotei jogadores da Holanda, da Espanha, da Áustria, mas perdi para outro aluno seu.

— João Maria é um aluno tão brilhante quanto você, mas é dois anos mais velho. – A voz de Luís assumiu um ar paternalista. – Dois anos a mais de experiência pode fazer uma grande diferença. E também é um príncipe...

O menino ficou visivelmente irritado.

— É um príncipe que nunca chegará a ser rei porque tem um irmão mais velho – gritou. – E se quer saber, eu odeio príncipes. Tenho vontade de acabar com todos. Por que se acham tão superiores? Por que o mundo é tão injusto? Se pudesse, eu mudaria essa... essa...

— Napoleão, por favor! – A voz de Luís assumiu uma rispidez repentina, carregada de autoridade. O garoto controlou-se, embora fazendo um bico. – Nunca deixe seu temperamento interferir no jogo e, principalmente, nunca subestime seus adversários. E ensine seus subordinados a fazer o mesmo.

— Desculpe, professor, mas estou chateado – murmurou Napoleão.

— Porque seu pai vai para a França, não é?

— Sim – concordou o aluno. — Eu preferia ficar aqui. Gosto da região. Gosto de ser descendente dos antigos romanos.

— Talvez a França lhe abra oportunidades – consolou Luís.

— Aquele lugar está desmoronando – disse Napoleão desanimado.

Luís fez um aceno na cabeça como se concordasse, embora discretamente. O garoto ficou um pouco pensativo, depois desviou o olhar e voltou para o jogo. Imediatamente, seus olhos arregalaram-se e seus braços apressaram-se em mexer as peças.

— Xeque! – gritou o jovem Napoleão Di Buonaparte.

Luís olhou para baixo e percebeu que o cavalo de seu jovem adversário estava em uma posição que poderia sair do xeque, mas, para isso, precisava sacrificar a sua rainha.

— Quer dizer que igualou suas chances no jogo? – provocou Luís.

— Quero dizer que ganhei o jogo – bradou Napoleão enquanto deslocava um bispo para uma posição transversal no tabuleiro.

— Xeque-mate – confirmou Luís orgulhoso, enquanto seu pupilo saltava gritos de triunfo.

— Quer dizer que está se divertindo com *monsieur* Montechio? – perguntou uma voz de barítono.

— Senhor Carlos Di Buonaparte – cumprimentou Luís, levantando-se.

— O nome dele é Monteiro, pai – corrigiu o jovem. – Aqui todos os chamam de Montechio, mas o certo é Monteiro.

— Pode arrumar suas coisas, Napoleão. Voltaremos à França amanhã – disse o pai antes de cumprimentar gentilmente o português e pedir perdão pela confusão de nomes. – Conseguimos o ingresso de Napoleão na Escola Militar de Paris.

O garoto comemorou mais ainda.

— Eu não falei para ter fé e acreditar, senhor Di Buonaparte? – disse Luís enquanto recebia um abraço do jovem Napoleão.

— Preferia que ele estudasse em Roma com os jesuítas – confessou Carlos. – Foi onde eu estudei e me formei. Mas esse menino é igual à mãe, nada pode impedi-lo quando cisma com alguma coisa.

— Ele é bem determinado e disciplinado, se me permite dizer – elogiou Luís. - Certamente será um bom general.

— Agradeço o seu apoio, senhor Monteiro. Mas espero que ele não tenha que lutar nesta maldita guerra.

Luís entendeu que Carlos Di Buonaparte referia-se ao apoio da França à tentativa de independência das colônias inglesas na América.

— Guerras eram um ótimo negócio no tempo dos romanos, mas hoje em dia trata-se de um investimento de risco – observou o jovem em tom de desaprovação.

— Acho que as guerras sempre foram um investimento de risco, mas agora estamos em um novo tempo – concordou o senhor Di Buonaparte. – É a era das ideias.

O jovem Napoleão guardava meticulosamente as peças de xadrez em uma caixa de madeira belamente ornamentada. Cada peça encaixava-se em um lugar devido forrado em veludo roxo. Luís pensou em dizer que o garoto preferia ficar na Sardenha, mas estava claro que ingressar numa escola de guerra também era seu desejo.

— A França não tem conseguido muitos triunfos com guerras recentemente – afirmou o garoto cheio de autoridade. – Mas provavelmente terá muitos ganhos se derrotar os ingleses nas Américas.

— Está vendo? Já fala como um sábio general – comentou o senhor Di Buonaparte pai com um orgulho disfarçado de ironia.

Outro jovem aproximava-se ao longe, com gestos assustados. Era o estereótipo do irlandês, com cabelos de cobre, olhos de um azul pálido e uma fina barba loura anunciando que sua adolescência terminara muito recentemente. Mas James Cartwright nascera em Nottinghamshire, na Inglaterra, e sua pele estava mais pálida do que de costume. De fato, o jovem parecia ter visto um fantasma.

— Luís! Luís! – gritava com um sotaque inglês carregado.

Luís despediu-se carinhosamente da família Di Buonaparte enquanto Cartwritght aproximava-se em passos acelerados.

— Por que essa gritaria, James?

O jovem chegou bufando.

— O senhor Volta vai te reprovar! – anunciou quase sem voz. – O Marconi o escutou conversando com a senhora Gryzly na sala dos professores.

— Tolice, as minhas notas são as maiores da classe – replicou Luís franzindo o semblante. – Por que ele faria isso? Será por causa das nossas experiências com o tio dele?

— O Marconi falou que é por causa da sua correspondência com o Galvani – disse James, segurando-se na parede para recuperar o fôlego.

Sala dos professores

Luís respirou fundo e saiu com passos determinados em direção ao centro da Universidade de Pavia, uma das mais antigas da Europa. Um decreto emitido pelo rei Lotharius já citava uma instituição de ensino superior em Pavia em 825. A instituição, principalmente dedicada a estudos de Direito, foi então escolhida como o principal centro de educação do ducado de Milão. Em 1361, o então duque de Milão, Gian Galeazzo Visconti, ampliou e remodelou a universidade tornando-a *studion generale*.

Era sem dúvida uma bela universidade. O pátio da instituição era povoado de estátuas de grandes homens do passado. Normalmente, Luís gostava de pesquisar sobre a vida desses professores que mereceram ser imortalizados perante os estudantes e sonhava, claro, em tornar-se no futuro uma daquelas estátuas. Seu foco agora, porém, era preservar o seu diploma. Passou rapidamente pelos arcos e as colunas construídas pelos romanos. Ao entrar na sala dos professores, Luís encontrou prontamente quem procurava. O professor Alessandro Giuseppe Antonio Anastasio Volta estava de pé, segurando uma pilha de correspondências na mão. Era um homem magro e alto, com o rosto fino e longo que confere um tanto de nobreza a sua aparência. O queixo é redondo, apesar de fino, e os olhos são cerrados pelo que parecem ser algumas rugas aparecendo, apesar dos 35 anos. Os cabelos eram de um louro encaracolado e começavam a abrir espaços na testa. Luís sabia disso por ter visto o professor várias vezes sem a peruca branca. Não era o caso agora. O professor vestia um fraque azulado com ornamentos em dourado e usava sua tradicional peruca branca feita de rabo de cavalo que estendia seus cachos até os ombros. Era uma roupa cara para um professor. Mas instrutores de Pavia eram bem remunerados.

— Senhor Montechio, assim como seu primo citado por Shakespeare, sua jornada no ducado parece caminhar para um fim trágico. – A voz grave do professor reverberou pela sala e era desprovida de qualquer emoção identificável. Mas Luís sentiu um congelamento em seu abdome, como se o hálito de Alessandro Volta tivesse armazenado gelo do inverno passado. Nem pensou em tentar corrigir dessa vez a pronúncia correta de seu sobrenome.

— Eu não estou entendendo o que está acontecendo, mestre – protestou Luís com o máximo de firmeza que conseguiu juntar dentro de si.

Volta parou de ler a correspondência e olhou diretamente para o estudante.

— Foi um grande tempo o de Luigi Montechio pelos corredores da Universidade de Pavia, não foi?

— Quer dizer que meu tempo aqui terminou? – indagou Luís.

Volta não respondeu, apenas fitou Luís seriamente. O português, entretanto, conhecia seu professor bem o suficiente para saber que estava sendo alvo de uma piada, só não sabia exatamente de que tipo.

— Em menos de três anos, eu vi você humilhar o inspetor de polícia três vezes...— prosseguiu Alessandro Volta.

— Os casos eram óbvios e ele resolveria primeiro se não fosse tão preguiçoso! - retrucou Luís.

—Envolveu-se em brigas com outros alunos por incontáveis vezes...

— Nunca provoco brigas, mas não me acovardo perante provocações de colegas enciumados!

Volta ignorou a resposta e continuou.

— Teve problemas envolvendo a sobrinha do Duque de Turim e três professores recusam-se a deixar que você entre em suas salas de aula. Francamente, se não fosse a proteção da Corte de Lisboa, você já estaria expulso desta instituição há muito tempo.

— Há professores que não gostam quando os obrigamos a ser mais esforçados – defendeu-se Luís.

— Há professores que não gostam de ser corrigidos na frente dos alunos por um pirralho que se acha melhor do que todo mundo – rosnou

Alessandro Volta por trás da mesa, como uma fera que se enfurecia lentamente e preparava-se para o ataque final.

— Nem todos os professores se incomodam com isso – argumentou Luís.

— É... Nem todos. Mas vamos ao que interessa. Você aproveitou suas férias do verão passado para ir a Bolonha, correto? – Era uma acusação.

— Certamente, o senhor sabia disso – respondeu aturdido.

— E trocou informações com o senhor Luigi Galvani, o renomado médico daquela bela cidade...

— Os estudos do senhor Galvani sobre a eletricidade gerada pelos seres vivos são lidos amplamente em nossa classe – replicou Luís novamente, ainda sem entender o que estava acontecendo.

Volta tornou a simular a leitura da correspondência em silêncio. Luís ficou ainda mais nervoso.

— Gostaria de saber por que estou sendo punido – protestou o jovem.

— O senhor Galvani enviou um artigo para toda a Europa denegrindo os estudos feitos aqui em Pavia, senhor Montechio. – Estendeu um livro sobre a mesa em direção a Luís. – Ele afirma categoricamente que não é possível a geração de energia elétrica através de metais. Justamente a base de nosso novo projeto da universidade, justamente a base de nossos estudos. – Agora ele olhava diretamente para Luís com a voz novamente carregada de cólera. — E tudo isso ridicularizado por um homem a quem o senhor mantinha correspondência regular. Acha que isso não é motivo suficiente para expulsão imediata desta universidade, senhor Montechio?

— Mas não fui eu quem passou as informações para ele – retrucou Luís tremendo. - Os estudos da Universidade de Pavia são tão públicos quanto os da Universidade de Bolonha.

Alessandro Volta ficou bruscamente de pé.

— Mas o senhor pode imaginar o que os anciões desta universidade vão dizer quando souberem das conexões entre Luigi Galvani e Luigi Montechio. Imagine você o que a nobreza de Pavia vai dizer! Não apenas a nobreza local, o assunto pode ecoar em Turim. Você é bom em cálculos, calcule então o trabalho que terei por causa de uma indiscrição que eu pessoalmente o alertei a respeito.

— Mas eu não posso sair agora, ainda faltam seis meses para me formar aqui e...

— Suas notas são boas o suficiente para se formar agora, já falei com o reitor sobre o assunto e ele também concorda com a minha opinião.

Luís franziu a testa.

— Espere um pouco, foi o senhor e o reitor que sugeriram que eu... é... espionasse Galvani no verão passado – protestava Luís até assimilar a última frase de Volta. – Você disse que vai me formar antes do tempo?

— Precisamente – concordou Volta. – Não estamos exatamente o expulsando... Bom, na verdade, estamos adiantando a sua graduação. Parabéns, formou-se em tempo recorde. Como aliás você tinha se proposto, lembra?

Agora a expressão de Alessandro Volta era uma mistura de sarcasmo, ironia... e orgulho. Luís continuava sem entender muita coisa.

— Considere isso uma última lição deste seu mestre, senhor Montechio. – Abriu a gaveta da escrivaninha e tirou um diploma enrolado com uma fita dourada.

— Que lição?

– Humildade, Luigi! Humildade! Não se vanglorie dos seus feitos na frente dos outros alunos ou dos professores.

— Eu não me vanglorio...

— Ah, você se vangloria, sim, meu caro – sorriu Volta enfático. – Lembra quando insistiu para fazer o discurso de encerramento da turma ano passado?

— Era um momento importante para mim e meus colegas...

— E você estava com o um olho roxo e diversos hematomas na face. Resultado de uma briga envolvendo um colégio de Turim. Ora, senhor Montechio, com quem pensa que está falando? Todo mundo sabia que você surrou dez alunos de Turim. E exibiu com orgulho as marcas de sua luta.

Houve um momento em que Alessandro Volta ficou em silêncio, como se avaliando o rapaz.

— Quando o assunto de Galvani vier à tona na corte, você será uma lembrança nos corredores desta universidade. – Fez uma pausa como se esperasse Luís acompanhar seu raciocínio. – Não acredito, entretanto, que essa lembrança vá apagar-se tão cedo.

— Pelo visto não terei uma estátua ali no pátio tão cedo também – sorriu Luís arcando os ombros. – Mas acho que tenho que agradecer por essa ajuda.

— Sim, você tem – concordou Volta sarcástico. – Mas desta vez o favor não será totalmente gratuito. Há um emissário de Roma em Pavia. Você deve encontrá-lo amanhã.

— O quê?

— Parece que você se formou e arrumou um emprego na Igreja. – Havia algo de paterno na voz de Alessandro Volta, mas também havia fúria e sarcasmo em demasia.

— Do que se trata? – indagou o jovem abrindo as palmas de suas mãos.

— Ele não nos contou. – Volta arqueou os ombros e encaminhou-se em direção ao armário. – Mas é algo importante. Pediram um jovem forte, inteligente e com sólidos princípios religiosos. O reitor e eu achamos que você se enquadra na descrição. Acho que assim matamos dois coelhos com uma única cajadada.

— Acho que devo tomar isso como um elogio – ironizou Luís.

Alessandro não riu. Apenas abriu o armário, tirou uma sacola de veludo e entregou ao pupilo sem muita cerimônia e ordenou que abrisse.

— O que é? – perguntou Luís curioso enquanto tirava a fita que prendia a sacola.

Volta não respondeu, apenas observou o pupilo enfiar a mão na sacola e tirar uma peruca branca. Não era tão opulenta quanto a do mestre. Era lisa, com uma trança na nuca.

— Vai precisar estar alinhado para falar com um enviado de Roma. – As sobrancelhas do professor levantaram-se enfáticas.

— Não sei o que dizer – Luís ficou visivelmente emocionado.

Alessandro Volta teve quase um segundo inteiro de demonstração de orgulho e emoção em relação àquele que considerava seu melhor aluno. Logo depois, voltou ao semblante sisudo costumeiro.

— Não diga! Apenas suma da minha frente e não se meta em confusão até amanhã.

Alojamento de estudantes da Universidade de Pavia

James Cartwright entrou afoito no quarto que dividia com Luís. O assoalho de madeira havia denunciado seus passos muitos segundos antes. Estava mais vermelho do que de costume. Percebeu que Luís estava colocando seus pertences em diversos baús.

— Ó, que tragédia! - Levou as mãos ao rosto. - Você foi expulso! - Pensou alguns segundos e desesperou-se ainda mais. - Sem você para me proteger, os irmãos Finutti virão atrás de mim com certeza! Sou um homem morto! Vou voltar para a Inglaterra e trabalhar com meu tio. Ao menos estarei vivo.

Luís não respondeu. Continuou colocando as coisas do armário nos baús. O inglês estranhou a ausência de lamúrias e pôde jurar ter visto um sorriso no canto direito da boca do português.

— Spike? - chamou o inglês.

— Não me chame assim - protestou Luís. - Os italianos me chamam de Montechio ou de Luigi. Os franceses e portugueses me chamam de Espigão, e você, meu caro inglês, de Spike. O que há de errado com meu nome?

— Você está sorrindo? - observou Cartwright. - Aconteceu alguma coisa, não foi?

— Elementar, meu caro! - concluiu Luís.

— Ele não o expulsou, não foi? — Cartwright apertou os olhos como se isso o ajudasse a enxergar melhor o que Luís escondia. – Aquele *blood bastard* do Volta sempre o protegeu. Eu deveria ter desconfiado...

— Vou me formar com antecedência! – disse Luís sem esconder o sorriso triunfante.

— O quê? Você se mete em confusões e ainda consegue se graduar em tempo recorde? – Havia mais comemoração do que indignação na voz do inglês. – *You blood bastard!*

— E ganhei uma peruca, olhe! – Estendeu a mão casualmente com o presente dado por Alessandro Volta.

O inglês abriu a sacola de veludo e tão logo tirou a peruca, levou-a à cabeça coberta de cabelos vermelhos.

— Eu também ganhei uma do meu tio – disse enquanto dirigia-se ao espelho. – A fábrica está prosperando em Nottinghamshire.

— Aquela ideia que você disse que era insana, não foi? – ironizou Luís enquanto separava algumas roupas, pensando no que vestiria no dia seguinte.

— Máquinas a vapor fazendo roupas? – James ajeitou a peruca. – Há de concordar comigo que é algo improvável.

— Bom, nem sempre o improvável é impossível – concluiu Luís. – Acha que devo usar o fraque verde ou o branco?

— O meu tio é improvável, ele é reverendo, poeta e inventor...

— Eu gostaria de ser como ele – defendeu Luís.

O assoalho de madeira anunciou outras pessoas no corredor dos aposentos dos jovens. Eles sabiam que havia mais de uma pessoa. Provavelmente três. E pelas passadas pesadas, imaginaram quem seria e prepararam-se para receber visitas indesejáveis.

Três caras brancas de cabelos escuros e olhos muito azuis surgiram na porta que estava aberta.

— *Buon giorno!* – disse Luís com a voz carregada de ironia.

— Então o jovem gênio vai ser expulso finalmente – disse o mais alto dos jovens. E eles eram bem altos.

— A justiça tarda, mas não falha – disse o segundo mais alto.

Luís olhou fixamente para os três jovens altos durante cinco segundos e depois voltou a arrumar as malas.

— Não vai nos encarar, senhor Luigi? – protestou outro jovem, o menos alto agora. Como se existisse uma hierarquia entre os três para falar.

— Como? – Luís continuou de costas para a porta. – Estou aqui há quatro anos e ainda não sei diferenciar quem é quem entre vocês.

— Eu sou Bruno! – disse o mais alto.

— Eu sou Giusepe – disse o do meio.

— E eu sou Vito – afirmou o menos alto, obedecendo novamente à hierarquia.

Finalmente Luís virou-se para a porta e para o jogral italiano que ali se apresentava.

— Qual de vocês eu deixei no hospital de Milão da última vez? – indagou. Não houve resposta.

— Acho que foi o Finucci mais leve, embora seja o mais alto. – De repente, a voz de Luís tornou-se ameaçadora. – Espero que não estejam aqui para saber qual de vocês, agora que não preciso temer mais a expulsão, será o próximo a visitar o hospital. Aliás, agora que não tenho que me preocupar com a expulsão da Universidade de Pavia, acredito que posso mandar quem eu quiser para o hospital, talvez para o cemitério. Pois, o que vai me impedir?

Por um segundo, os três irmãos vacilaram, mas depois Bruno, o mais alto, cerrou os olhos e sua boca torceu-se mostrando os dentes como se fosse um lobo faminto.

— Você não está com sua espada agora, Luigi – desafiou.

— Eu não estava com a espada quando mandei Giusepe e Vito para o hospital, estava? – foi a resposta seca.

— Vamos embora, rapazes! Quando esse espigão não estiver mais por aqui, seu amigo de cabeça vermelha vai ser nossa presa. E não vai ter ninguém para defendê-lo.

Os passos pesados foram se afastando enquanto martelavam o corredor. O jovem James Cartwright engoliu em seco enquanto olhava desesperado para Luís.

— Eu acho que sou um homem morto – disse com os olhos arregalados.

— Talvez não... Verei o que posso fazer – afirmou o português enquanto voltava a arrumar as roupas em seus baús.

Pesadelos noturnos

A noite caiu sobre Pavia com a sutileza de um cobertor colocado por uma mãe zelosa. Não houve tempestades ou ventanias. O frio deu espaço ao clima mais ameno e mesmo os pássaros e insetos pareciam estar mais tranquilos. Mas a noite de Luís não foi nada boa. Ele não tinha medo dos irmãos Finucci e não estava nervoso com o dia seguinte, embora estivesse um pouco ansioso para saber o que o aguardava naquele que seria provavelmente o dia que definiria sua vida. Não foi o futuro que incomodou o jovem português naquela noite, mas o passado.

Quando a manhã fez-se presente, Luís acordou cedo e vestiu seu melhor fraque, o verde, com detalhes em dourado, presenteado pelo próprio Dom José, príncipe de Portugal. Pôs sua peruca nova e sobre ela o chapéu de três bicos. Recebera um aviso para dirigir-se à sala do reitor. Ele e James Cartwright saíram juntos dos aposentos. O inglês claramente estava com medo de encontrar os irmãos Finucci longe da proteção de seu amigo.

— Deveria ter levado a sério as aulas de boxe e esgrima, meu amigo – repreendeu Luís, irônico.

— Nem todo mundo tem sua disposição para estar em toda parte, Spike – replicou Cartwright, tentando acompanhar os passos longos do português.

— Não me chame de Spike, Cenoura!

Cartwright fez uma careta.

— Quando você parte?

— Eu não sei nem para onde vou partir – disse Luís enquanto subiam as escadas para o segundo andar. – Será que vou para Roma?

Os insultos e provocações continuaram até que se separam na encruzilhada entre as salas de aula e o caminho para a sala do reitor. Cartwright engoliu em seco e seguiu. Deu cinco passos e voltou-se para o amigo português.

— *Good luck*, Spike!
— Para você também, Cenoura! – retribuiu Luís com um sorriso.

Padre Rivera

A sala do reitor era bem mais opulenta que a dos professores. Grande e espaçosa, decorada com tons de vermelho na madeira e no veludo. Parecia ter sido limpa minuciosamente há poucos minutos. O cheiro de mogno e óleo era bem diferente da poeira dos aposentos.

Luís foi acompanhado por um serviçal até quatro homens que conversavam de pé, próximo a uma janela grande que deixava a luminosidade da manhã entrar com força. Um dos homens era Alessandro Volta, o outro era um homem um pouco obeso, de bochechas largas, ressaltadas pela peruca branca encaracolada, o reitor Vincenzo Autobelli. Duas figuras de vermelho estavam de costas, mas Luís reconheceu prontamente Bartolomeo Olivazzi, o bispo de Pavia. O outro, com certeza, era o enviado de Roma.

Embora fosse um momento em que teoricamente colheria boas notícias, Luís caminhava na sala como um prisioneiro para a execução. Afinal, era sua vida que seria decidida ali. Embora fosse aquele aluno brilhante e impetuoso, nunca se preocupara realmente em planejar o futuro. Ser o melhor era o que importava, sempre fora assim. Não queria ser o melhor ou destacar-se em troca de nada além de saber que era o melhor.

Agora, escutando o som de suas botas no assoalho de madeira, Luís preocupou-se e muito com o que o destino lhe traria, pois sentia que o que quer que fosse acontecer naquela sala, definiria sua vida para sempre. Estava certo.

— Luís Monteiro, quero que conheça o padre Gianni Rivera – apresentou Alessandro Volta.

As apresentações e trivialidades demoraram quase dez minutos. Luís observou a figura de um homem calvo, barba branca muito bem cortada, sobrancelhas negras grossas e um olhar determinado de caçador. Suas vestimentas eclesiásticas eram de vermelho-vivo. Era um homem forte e alto. Forte demais para um padre, pensou Luís. Tinha a mesma altura do português e seus músculos sobressaíam mesmo sob as pesadas vestes e a capa. O rosto enrugado denunciava uma idade avançada, 45, talvez 50 anos. Mas Rivera parecia ser capaz de enfrentar de igual para igual os marujos do cais de Gênova. Embora houvesse um ambiente cordial, todos se sentaram, mas deixaram Luís de pé. Esperou um convite para que se sentasse, mas este não veio. Rivera ficara na cadeira da mesa do reitor, no lugar mais alto do recinto. O julgamento começara e Luís era o réu.

— Estou aqui em nome de Roma para concretizar um acordo entre Vossa Santidade, papa Pius Sextus, e a Rainha Maria de Portugal – declarou bruscamente Rivera. – Olivazzi contou-me em Roma sobre algumas de suas proezas, confirmadas pelo senhor Autobelli e pelo senhor Volta. Acreditamos que o senhor seria o homem ideal para a missão.

Luís não sabia se deveria ou não sorrir. Limitou-se a olhar interrogativamente nos olhos dos presentes, como um soldado à espera de ordens.

— Você deve estar se perguntando sobre a natureza dessa missão – continuou Rivera.

— De fato, eu entendi que seria um emprego, meu senhor – franziu a testa Luís.

— Emprego... – disse Rivera, como se estivesse analisando a palavra. – Podemos afirmar que é um emprego. Terá o seu pagamento continuamente. Terá um trabalho a fazer como meu assistente e zarparemos para a América do Sul dentro de alguns dias. Assim que encontrarmos o seu outro colega de trabalho.

Mas Luís sentiu alguma coisa no ar. Algo estava errado. Colega de trabalho? Quem seria? Olhou para Alessandro Volta, havia incerteza na face esguia. Volta umedeceu os lábios para falar, mas prendeu as palavras nos pulmões e deixou sair apenas um suspiro. Foi Olivazzi quem falou.

— Você acredita em Deus, Montechio? – indagou o cardeal firmemente.

— Claro que acredito! – respondeu prontamente Luís, como se estivesse em uma prova. – Como explicaríamos o mundo e todas as coisas belas que nele existem se não existisse um Criador?

— Concordo – afirmou Rivera, acenando com a cabeça afirmativamente. – Mas e no demônio, você acredita?

Luís estranhou a pergunta e ficou a imaginar que sentidos estariam residindo naquela indagação seca.

— Hesitou, não é mesmo? – Sorriu Rivera discretamente. – Por que tememos em afirmar que o diabo exista? Porque tememos que se olharmos para essa verdade, ela nos olhe de volta. Sim, Montechio, o diabo existe e nós temos registros de atividades dele no mundo inteiro. Quando alguém encontra manifestações do diabo, recorre à Igreja. Não é assim?

Luís assentiu e Olivazzi aproximou seu rosto de encontro ao dele, como se quisesse olhar dentro de sua cabeça.

— Já ouviu falar nos bastianes, senhor Montechio? – perguntou finalmente.

Luís girou lentamente o pescoço da esquerda para a direita e depois fez o percurso contrário.

— Poucos ouviram falar deles – completou Rivera bebendo mais vinho. – É uma sociedade secreta criada há mais de setecentos anos.

Olivazzi abriu um livro grande de capa de tecido vermelho com adornos dourados. Luís pensou inicialmente tratar-se de uma Bíblia, mas percebeu que o adorno principal era um grande pentagrama.

— Acha que é um símbolo do demônio, não é? – insinuou Olivazzi misteriosamente.

— Na verdade, o pentagrama é uma proteção contra as forças das trevas – respondeu prontamente Luís, como se fosse uma prova de conhecimentos. O sorriso de Olivazzi foi discreto em direção a Rivera, mas suficiente para que Luís entendesse que passara no teste. Provavelmente, o primeiro de muitos testes.

— Onde aprendeu isso, jovem português? – desafiou Olivazzi incisivo. – Você não é padre.

— Sou curioso e venho de família católica.

— Ele está mentindo! – decretou Rivera. – Alguém lhe ensinou isso, garoto!

O Fantasma de Montaodeo

Olivazzi chamou Luís para perto do livro.

— Esse símbolo, o pentagrama, representa os bastianes. A sociedade secreta foi incorporada à Igreja pelo Papa Gerbert de Aurillac, Silverter II, na virada do milênio. – A voz de Olivazzi assumiu uma ressonância sombria. – Os bastianes, entretanto, existem há mais de mil anos. Criados na cidade de Metaponto pelo sábio Pitágoras.

— Metaponto? – disse Luís incrédulo.

— Sim – confirmou Rivera. – Esse nome lhe é familiar?

Luís tirou o colar pendurado ao pescoço e mostrou o amuleto aos cavalheiros presentes. Alessandro Volta tomou-lhe abruptamente o objeto das mãos e mostrou a Olivazzi.

— O que foi que eu lhes disse? – falou Volta. – O rapaz é um escolhido. Está no sangue dele!

— No meu sangue? – replicou Luís intrigado. – Do que é que vocês estão falando?

— Por que não nos diz? – insinuou Rivera decidido. – Um parente seu lhe deu isso, não foi?

— Sim, mas minha avó não tem nada a ver com organizações secretas! – protestou.

— Você sabe que isso não é verdade – decretou Rivera. – Sim, eu posso ver nos seus olhos. Você já recebeu a visita das trevas. Quando foi?

— Não – foi tudo o que conseguiu dizer. Rivera, naturalmente, sabia que ele estava mentindo e levantou-se da cadeira onde estava, como se estivesse furioso.

— É claro que sim – rosnou o cardeal. – E você lembra. Pode ter sido na infância. Você quis acreditar que não era nada. Que não existia, mas eles vieram, não foi? Conte para nós, menino! Conte como foi para você!

— Eu não creio que isso tenha a ver com o assunto – protestou Alessandro Volta diante do desconforto do aluno. – Não há sentido em...

— Há todo sentido, sim, senhor Volta! – interrompeu bruscamente Rivera. – Há todo um sentido. A maneira como as trevas nos são reveladas faz toda a diferença. – Voltou-se para Luís. – Esse amuleto é uma proteção máxima contra os poderes do mal. Sua avó lhe deu isso porque ela sabia que você precisava de proteção. Conte-nos!

— Não há o que contar! – Luís balançou a cabeça negativamente. Rivera aproximou seu rosto, agora suado.

— Conte-nos! Conte-nos como foi, senhor Montechio! – ordenou enquanto circulava Luís como se fosse a Lua orbitando a Terra. – Por que está escondendo? O que foi tão traumático que o faz fugir do passado? Conte-nos, eu lhe ordeno!

— A Coca! - trovejou Luís finalmente.

O silêncio invadiu o recinto e ali permaneceu por quase um minuto. Rivera insistiu.

— Conte-nos!

— A Coca matou minha avó! – Luís contou a história toda aos cavalheiros presentes, que ouviram atentamente. O relato demorou mais de duas horas. Finalmente Rivera deu-se por satisfeito, ou quase.

— Então você acredita em histórias da carochinha? Coca? Bicho-papão? E pior, ainda quer vingança contra ela? – provocou. – Quer saber como encontrar e destruir essa criatura das trevas, não é?

— Há algo de errado nisso? – respondeu Luís em tom desafiador. – Um cavalheiro não deve ter como propósito de vida a honra e a justiça? E não foi este nome que minha avó mencionou. Não foi bastianes. Foi baluartes. Ela era uma baluarte. Uma guerreira, não era?

— Certamente – concordou Rivera.

— Eu vi escondidos nas coisas dela uma espada, um escudo — disse Luís. — E ela me contava histórias de aventuras. Coisas que ela fazia quando era jovem. Mas eram histórias que avós contam para crianças, minha mãe dizia.

— Mas você sabia que não era só isso, não é? — indagou Rivera.

— Para ser mais honesto, eu apenas desconfiava – disse Luís.

Rivera acenou com a cabeça.

— De fato vim de Roma oferecer-lhe a oportunidade de conhecer mais sobre o mundo das trevas. Fadas, duendes, lobisomens, gnomos, vampiros, bruxas.... Sim, essas criaturas existem. Todas elas! Algumas eu já vi pessoalmente. Algumas até matei pessoalmente. Mas a maioria das pessoas não as vê, não conseguem percebê-las. Não, senhor, é preciso ser alguém especial para enxergá-los, pois vivem entre nós, mas não em nosso mundo, entende? É um mundo sutil difícil de perceber se tiver olhos para isso.

— Você mencionou outro ajudante, quem é ele? – perguntou Luís cerrando os olhos.

Rivera sorriu enigmaticamente, cruzando os braços.

— Como sabe, jovem Montechio – desconversou Rivera —, as relações do Marquês de Pombal com a Igreja estavam abaladas desde que os jesuítas foram... expulsos das colônias. – Olhou para os lados à procura de algo, mas Luís não entendeu o que estava sendo procurado. – Mas quando se expulsa Deus de sua casa, é como se convidasse o diabo para entrar. Agora, a Rainha Maria vê com outros olhos a nossa presença nas colônias.

Um criado entrou no recinto trazendo consigo uma garrafa de vinho tinto. Pelo olhar de Olivazzi, era o que procurava.

— O diabo manifesta-se com diversas faces – completou Rivera enquanto era servido pelo criado. Depois do vinho, vieram pratos com pão, queijo e água fresca. – Quanto mais hedionda sua face, mais forte é o seu poder no local.

O criado serviu Luís por último.

Rivera esperou o criado sair e caminhou até um baú próximo à mesa de cedro. Pegou vários papéis, entre eles um mapa enrolado; abriu-o na mesa e convidou todos a olharem. Luís reconheceu as colônias americanas.

— Desde a descoberta desse novo mundo – prosseguiu Rivera —, nossos homens têm visto manifestações da presença de demônios, bestas e outras criaturas em nossas colônias. Os primeiros registros foram feitos pelo nosso primeiro agente a embarcar para o Novo Mundo, o padre José de Anchieta. Temos representantes em todas as partes desde os primórdios dos tempos.

Um som surdo interrompeu a conversa. Era alguém batendo à porta. Os homens entreolharam-se.

— O seu companheiro de trabalho chegou – anunciou Rivera, ordenando que entrassem.

O serviçal abriu a porta e um jovem negro forte, de idade próxima à de Luís, entrou com um jeito incomodamente descontraído na sala. Luís estranhou imediatamente, pois o jovem usava vestes africanas e portava vários símbolos de deuses pagãos da África. Eram vestes caras e uma peruca branca que, bem sabia Luís, também estava entre as mais caras. Bem mais cara que a dele.

— Akim é o quinto príncipe de Dahomé e vai ser seu companheiro de viagens – explicou Rivera.

Akim apressou-se em estender a mão a Luís, que não cumprimentou o negro e virou-se para Rivera.

— Mas isso é uma piada? – disse asperamente. – Por que colocaram essas roupas nesse infiel?

O negro permaneceu impassível, como se não entendesse uma palavra que Luís havia dito.

— Montechio, devo advertir que está ofendendo o senhor Chinedu – advertiu Rivera. – Para enfrentar vários demônios, precisamos de vários deuses. A família de Akim combate demônios desde antes do Império Romano. Quando os deuses eram muitos.

— Mas não podem estar falando sério, ele nem entende o que estou falando? – insistiu Luís.

— Entendo perfeitamente o italiano e mais cinco línguas, senhor Monteiro – disse Akim em tom provocativo. – E para enfrentar o que temos pela frente, acho que o seu único deus não será suficiente.

— Blasfêmia! – Luís deu um passo ameaçador em direção ao negro.

— Cavalheiros, por favor! – interveio Alessandro Volta. — O pai de Akim é o rei N'dugo Chinedu da Costas dos Escravos. É um antigo aliado dos bastianes.

Luís olhou Akim de cima a baixo. Os dentes muito brancos sobressaíam na face jovem. Os olhos eram amendoados e fitavam-no diretamente, sem constrangimento. Estava vestido com um pomposo fraque dourado e calças igualmente trabalhadas. Era muito forte. Os músculos sobressaíam sob as roupas.

— Vou lhe estender a mão novamente em sinal de boa vontade, mas se me negar novamente, interpretarei como uma ofensa e serei obrigado a defender minha honra – avisou Akim, mostrando o sabre embainhado ao mesmo tempo que estendia a mão.

Alessandro Volta ficou em pé, temendo um confronto em sua sala, mas Rivera o deteve com um gesto sutil de sua mão. Deixaria que seus pupilos se entendessem da maneira que fosse possível.

— Sua avó era uma baluarte e a mãe de Akim era sua companheira, senhor Montechio. Acilea tem várias dívidas de sangue para com Malkia, mãe de Akim – esbravejou Volta com firmeza. — Não havia entre elas preconceito de cor e religião. Elas eram o que eram! Eram baluartes, cavaleiras do tempo, como sua avó deve ter lhe dito.

Luís ficou confuso. Era sem dúvida um dia de revelações.

Rivera tirou do pescoço o amuleto com o pentagrama. Igual ao que sua avó o havia presenteado antes de morrer.

— Você deve se lembrar, Luís! – diz Rivera tocando a testa do jovem.

De repente, tudo pareceu mudar a sua volta. Como se estivesse dentro de um furacão. Um redemoinho tomou conta de todo o recinto e móveis, livros, todos começaram a voar em círculos em volta de Luís. De repente, lá estava ele com sua avó. A bela senhora de cabelos prateados e voz doce, acolhedora, suave. Ela falava e Luís prestava atenção em suas histórias. Subitamente, podia não apenas ver, mas sentir o calor do contato e ouvir sua voz contando histórias que ele não deveria ter esquecido.

"Muito tempo atrás. Antes do dilúvio. As fronteiras entre os vários mundos não existiam. Os humanos eram escravos dos Titãs, que poderiam ser deuses ou demônios. Servíamos apenas de alimento para seus monstros. Não passávamos de seres insignificantes diante das criaturas que habitavam este e outros incontáveis mundos. Eles riam dos humanos porque para nós era impossível entender como eram, sua aparência, sua língua, sua vida e sua morte. Eles tinham poder sobre o tempo e o espaço. E se tentássemos fazer algo contra eles, já sabiam antes de acontecer. Seus olhos podiam ver coisas que para nós eram invisíveis. Para eles, o presente, o passado e o futuro eram a mesma coisa. E nós, humanos, éramos o mesmo que nada. Mas, em um evento que aconteceu por uma razão além da nossa compreensão, vieram os cavaleiros do tempo e uma guerra começou. Não se sabe se durou uma eternidade ou apenas um piscar de olhos. Mas, no final, os cavaleiros do tempo criaram as fronteiras e tanto deuses quanto demônios foram banidos de nosso mundo. Eles podiam ainda nos ver, nos ouvir, mas jamais nos tocar. Por isso, perderam interesse em nós e nosso mundo e abandonaram-nos. Mas Gaia, a rainha dos cavaleiros do tempo e a mãe de toda a criação, não gostou da prepotência dos Titãs e, com seu cetro do poder, mudou a realidade. Deu aos humanos o maior poder de todos: o da criação. Agora, tanto deuses quanto demônios e monstros dependiam dos humanos para existir. Então, os humanos é que se tornaram arrogantes e cruéis, pois tinham o poder de criar e destruir os

Titãs. Criavam e destruíam mundos e civilizações sem se importar com eles. Gaia novamente interveio e puniu também os humanos. Para manter o equilíbrio, criou a simbiose perpétua. Assim, humanos continuavam com seu poder da criação, o qual foi chamado de imaginação. E aos Titãs foi dada a capacidade de tornarem-se humanos durante períodos que chamou de vida. E aos humanos o direito de tornarem-se Titãs no período que chamou de morte. Os seres tornaram-se um só. Gaia achou que estava tudo resolvido, mas não foi o que aconteceu. Os humanos começaram a morrer cedo demais e os Titãs não conseguiam nem ao menos ser criados, perdendo a capacidade de existir no tempo e no espaço. Foi quando Gaia entendeu que para os Titãs era limitador demais ser humano, e os humanos, por sua vez, perdiam a sanidade por ficar muito longe de suas criações. Afinal, agora, eles eram simbiontes e precisavam uns dos outros para existir. Gaia, na sua sabedoria, criou a pequena morte, chamada sonho. Assim, os homens poderiam ser Titãs à noite e os Titãs poderiam ser humanos durante o dia. E quando morressem, os homens se tornariam para sempre os Titãs que eles mesmos criaram durante a vida. O equilibro formou-se e a harmonia reinou a maior parte do tempo. Os humanos que ficavam sem dormir acabavam enlouquecendo e morrendo. Às vezes, os humanos esqueciam de si e menosprezavam seu próprio poder. Outras vezes, eram os Titãs e seus monstros que transpunham as fronteiras. Para garantir o equilíbrio, Gaia escolhia humanos e Titãs que não se esqueciam de quem eram e conseguiam transitar pelos dois mundos. Alguns timidamente, outros com mais poderes. A esses ela deu a função de manter o equilíbrio dos mundos e proteger as fronteiras. E Gaia viu que isso era bom e passou a chamar esses seres de baluartes."

— Vovó Leia, mas como surgiram os artefatos? – perguntou o menino.

A mulher olhou para o neto e sorriu. Os olhos azul-celeste cruzaram-se. Acilea mexia nos cabelos quase brancos do menino. Era a maior diferença entre os dois. Ela sempre teve os cabelos ruivos como fogo. Agora, aos 65, apenas alguns fios vermelhos restaram em meio aos cabelos brancos que ela prendia com um lenço.

— Os artefatos foram criados por Gaia e os Cavaleiros do Tempo para.... Talvez para deixar o jogo mais interessante.

— Mas isso é apenas um jogo? — O menino arregalou os olhos azulados. — Um jogo em que os humanos brincam com os Titãs?

— Mais ou menos – Acilea ergueu os ombros. — Na verdade, acho que não querem ser incomodados.

— Os Cavaleiros do Tempo?

— Sim. – A avó balançou a cabeça afirmativamente de forma frenética e arregalou os olhos. — Eles sabem que os monstros que conseguem transpor as fronteiras costumam ser mais fortes que nós, humanos. E provavelmente por isso nos deram artefatos para poder igualar o jogo.

O menino segurou um amuleto pendurado em seu pescoço. Era um círculo de metal azulado com um pentagrama no meio. Depois deslizou as mãos sobre os cabelos brancos da avó.

— Por que você está me dando este artefato? Você vai precisar dele.

Acilea suspirou e olhou para o horizonte. Estavam avó e neto sentados no alto das muralhas do Castelo de Óbidos. Era seu aniversário na metade de julho e o sol de verão aquecia sua face que de pálida passou para vermelha. Estava ali, no alto, há horas, sentindo o sol ultrapassar o tecido da sua roupa e esquentar seu corpo.

Nos arredores do castelo, parcialmente destruído pelo terremoto ocorrido há apenas 16 anos, em 1755, e que destruiu não apenas os prédios, mas também parte da alma e da fé das pessoas naquela região. A maioria, como seu pai, plantava laranjas – o que deixava o cheiro cítrico pairando na região.

Eram as duas paixões de Luís Vaz Monteiro: o cheiro de laranja pairando no ar e as histórias que a avó contava. O pai não gostava daquilo. Contar histórias de terror para os meninos. Mas essas eram as melhores. Histórias de assombrações, vampiros, lobisomens, mortos que saíam de suas tumbas sedentos de vingança. O menino dormia, e não, nunca tivera um pesadelo sequer com aquelas histórias horripilantes. E o que ele mais gostava é que sua avó se inseria nelas. Junto com mais três amigas que, segundo ela, caçavam fantasmas na Europa toda.

— Você era a menina de cabelos de fogo, não é, vovó? – perguntou Luís já querendo impulsionar outra história, embora, muitas vezes, a avó acabasse repetindo as mesmas. Às vezes, com um detalhe ou outro a mais ou a menos. O menino não se importava.

— Eram eu, a Estrela de Fogo; Malkia, a Deusa de Ébano, da África; e a espada do oriente, Park So Dam – disse Acilea com sua voz doce. — Vai chegar o momento em que você terá que assumir o meu lugar. E deverá confiar a seus companheiros sua vida como eles confiarão a deles a você. Entende, meu neto? Você um dia será como eu era. Será um baluarte!

— O que faz um baluarte, vovó? – perguntou o menino Luís. – Ele caça fantasmas?

A avó abraçou o neto e depois segurou seu rosto de frente para o dela.

— Os baluartes não matam fantasmas, meu querido. Nós fazemos a diferença, entende? Você um dia vai ser como eu e vai fazer a diferença!

O redemoinho voltou e de repente Luís estava de volta ao recinto. Estava tão tonto que teve que se apoiar na mesa para não cair. Não adiantou. Por sorte, havia um sofá estrategicamente perto e foi ali que ele desabou.

— Você está bem? – perguntou Rivera.

Luís não respondeu. Tudo ainda estava rodando um pouco.

— Eu o ajudo a levantar – diz Akim estendendo a mão. —Permite?

Luís olhou novamente para o africano e sua mão estendida.

— Agi como um tolo e peço que me perdoe – disse Luís segurando com firmeza a mão do novo colega de trabalho que o ajudou a levantar-se.

— Enfim — continuou Rivera. — Pretendo enviá-los em uma missão no Novo Mundo. Na Colônia portuguesa. Montaremos uma base lá e vocês serão nossos agentes. Mais do que bastianes ou baluartes, vocês serão nossos batedores.

Os dois novos convocados pela irmandade dos bastianes ainda demorariam para se entender nos próximos dias.

XIV

Os vilões e os sonhadores

— Tem certeza de que o Volta me aprovou, mesmo? Pode ser um lapso na memória dele, sei lá! – James estava nervoso com a mudança abrupta. Mal tivera tempo de arrumar suas coisas e colocar na carruagem.

— Preferia que o deixasse lá, para os Finucci o esquartejarem? – respondeu Luís impaciente.

— Seu cabelo é vermelho como fogo. Você por acaso tem uma irmã? – perguntou Akim maliciosamente.

— Não pensa em outra coisa? – criticou Luís.

— Estaria fazendo amor com uma escrava a essa hora se não estivesse aqui me sacudindo nessa carruagem com vocês! – Akim não escondia a impaciência.

— Pode voltar para Dahomé se quiser, príncipe! – desafiou James com desdém. – Aliás, por que um príncipe africano saiu de seu conforto para ser um bastiane?

Akim fechou o semblante.

— Não é de sua conta, inglês. O que importa é que renunciei a meu conforto para fazer o trabalho, e, sim, o farei.

— Mas você reclama toda hora da falta de conforto – observou Luís. – James, não cometa o mesmo erro que eu e trate nosso amigo pelo que ele é, um amigo.

— Você está confortável porque trouxe seu escravo de cabelos vermelhos? – perguntou Akim, provocando de propósito. — Me disseram que a escravidão não é bem vista aqui e tive que deixar meus escravos e minhas escravas no porto de Gênova.

— Ele não é meu escravo, é meu assistente. Ganha para me ajudar e pode ir embora a hora que quiser!

— Não, não quero ir embora não! – falou Cartwrigth, sacudindo-se na carruagem.

— Quanto paga para seu criado? – desafiou Akim.

— Combinamos cinco xelins semanais – respondeu Luís.

— Um escravo não sai por menos de dois dobrões e sua manutenção mensal não me sai por menos de quarenta xelins! – afirmou o dahomey. – Acho essa campanha inglesa para acabar com nosso comércio uma grande hipocrisia! Querem mão de obra barata porque são sovinas. Escravos custam caro demais. Aí, colocam crianças para trabalhar o dia inteiro em suas fábricas por um xelim e se dizem com a consciência limpa.

— Eu não sou inglês, não tenho nada a ver com isso – Luís fez um gesto como se afastasse um mosquito.

— Eu sou inglês e não sou escravo – protestou Cartwright. – E não estou impedindo seu pai de vender escravos. Nem o rei George. No momento, estou apenas grato por Luís ter me ajudado.

— Por nós o termos ajudado – corrigiu Luís. – Akim também me ajudou a convencer Volta.

Um silêncio pairou no interior da carruagem algum tempo. Cinco minutos depois, James tirou o fraque e a peruca.

— Está quente aqui! – reclamou.

— Chama isso de calor? – Desdenhou Akim. – Em meu país, chamamos isso de inverno rigoroso.

Alguns minutos depois, os sacolejos da carruagem pareciam incomodar James Cartwright.

— Esse balanço me enjoa – protestou enquanto sua face ficava azulada. – Pare essa carruagem!

O cocheiro obedeceu e Cartwright saltou na estrada de pedras para vomitar na árvore mais próxima. Akim riu alto para ter certeza de que o inglês escutara. Estavam subindo uma região montanhosa na província de

Alexandria. Mas ainda faltava muito, talvez mais três dias de viagem, para chegarem ao porto de Gênova, de onde partiriam para o Novo Mundo.

Rivera partira na frente, antes mesmo de anoitecer, para resolver o que chamou de assuntos pendentes. Marcaram de encontrar-se no Castelo de Montaldeo. Parecia que Rivera queria que fossem se conhecendo melhor.

Luís ainda estava tentando se acostumar com a situação. Por um lado, sabia que era esse o seu destino. Queria vingar sua avó. Queria descobrir o que realmente aconteceu com ela. E se sua avó era uma bastiã, então ele também seria. Já havia se acostumado com o jeito arrogante do dahomey. Às vezes, pensava que a arrogância dele era a coisa mais irritante que havia encontrado na vida. Akim e sua avó eram dois conceitos que não se encaixavam. Mas depois lembrou de sua própria arrogância no primeiro encontro deles no escritório de Alessandro Volta e chegou à conclusão de que eram mais parecidos do que gostaria de admitir. Pensava também se trazer Cartwright como ajudante não era realmente uma ação tão nociva quanto Akim dizia. Pensava nisso enquanto descia da carruagem e observava Cartwright limpar o vômito do rosto.

— Quanto tempo ainda temos até Montaldeo, cocheiro? - indagou Akim, descendo da carruagem e olhando em volta.

— Se não demorarmos, chegaremos antes do anoitecer, senhor.

Estavam em uma floresta fechada. O sol estava a pino e as sombras quase não apareciam. O vento havia cessado e até os pássaros pareciam parar de cantar para a hora do almoço.

— Não temos muito tempo, português, essas terras à noite não são seguras – alertou Akim. - Muitos mercadores passam de Turim para Gênova, muitos bandidos cobiçam o que os mercadores levam. Até explicarmos para eles que não levamos nada e que meu tesouro está todo em Gênova...

— Se está com medo, pode ir - rosnou Luís.

— Ele tem razão, Luís – sussurrou o inglês. - Essas terras não são seguras.

— É mais seguro para você aqui comigo que com os Finuccis – lembrou o português.

— Tome isso, inglês! Vai lhe fazer bem – disse Akim estendendo uma garrafa de vidro com um copo de porcelana que retirara de uma sacola de pano de dentro da carruagem.

James olhou com estranheza enquanto o dahomey enchia o copo com o líquido de cor amarelada.

— É chá de folha de marula – explicou Akim. – É bom para o estômago.

— Vai me envenenar com sua bruxaria africana?

— Se está com medo, eu posso tomar antes – respondeu Akim, que bebeu todo o conteúdo do copo, encheu de novo e tornou a oferecer a James. – E, sim, é feita por meus curandeiros reais, então pode ser chamada de bruxaria. Eu prefiro chamar de medicina. Tudo que não é da igreja vocês chamam de bruxaria...

James Cartwright tomou copo da mão de Akim com tanta força que quase derramou o líquido. Tomou de olhos abertos, ainda irritado com seu próprio estômago e com Akim.

— Nunca vi um inglês resistir a um chá – disse Luís.

Akim subiu os ombros e ofereceu a marula para Luís, que bebeu com uma careta.

— É meio amargo, oleoso, mas faz bem. Garanto! – enfatizou Akim.

Luís bebeu e concordou ao menos com a parte do amargo e oleoso.

— Obrigado.

Akim parecia satisfeito consigo mesmo quando viu que James melhorou quase que instantaneamente depois de beber o chá. Acabou tirando também a peruca e guardou-a na carruagem.

— Vocês dois se vestiram como quem vai para uma festa. Essa é uma viagem longa – observou James.

— E desconfortável – acrescentou Luís.

— Realmente o tempo está esquentando neste país frio – concordou Akim, tirando o fraque e ficando apenas com a camisa branca de seda.

Cartwright limpou-se e trocou de camisa. Quando se preparava para retomar a viagem na carruagem, percebeu que Akim olhava fixamente para a mata.

— Por que não vimos isso antes? – Akim apontou para uma carruagem caída em uma depressão pequena logo ao lado da estrada. Os cavalos ainda estavam ao lado, silenciosos, embora nervosos. A carruagem estava inclinada em 45 graus, a porta estava aberta e seu interior estava vazio.

Cartwright também viu o veículo e gritou:

— Nossa, uma carruagem...

Akim e Luís repreenderam o inglês com um gesto firme com as mãos.

— Tem algo errado aqui – disse Luís.

— Sim, esse veículo está aí há pouco tempo – concordou Akim.

Segundos depois, o dahomey correu novamente até a carruagem e voltou segurando três espadas: uma cimitarra moura que ficou para si e dois sabres; entregou uma a Luís e fez sinal para que este o acompanhasse. A outra, ofereceu ao inglês.

— Padre Rivera disse para que ficássemos longe de encrencas! – alertou Cartwright. – E eu não sou bom em usar essa coisa!

— Seu criado não sabe usar uma espada? – desdenhou Akim. – Por que trouxe esse inútil, então?

— Eu não estou aqui para lutar com espadas! – esbravejou Cartwright.

— Acho melhor falarmos baixo – disse Luís, entregando a outra espada ao cocheiro, que ficou de guarda ao lado do inglês.

Luís e Akim ignoraram os protestos de Cartwright e entraram na floresta, deixando o inglês para trás. Desceram por uma inclinação acentuada, seguindo um caminho formado por folhas e galhos partidos. Subitamente, Luís escutou gritos, trocou olhares com Akim e seguiram em frente.

Chegaram a uma clareira em meio à paisagem de um verde cada vez mais cerrado e deram de cara com um grupo de oito pessoas. Um homem gordo e careca, aparentando quarenta anos, estava caído no chão em meio a uma poça de sangue. Uma bela mulher de, no máximo, 22 anos, cabelos ruivos mais escuros do que os de Cartwright e um rosto de feições harmônicas estava sendo segurada por dois homens. Um jovem aparentando no máximo 24 anos também estava imobilizado por dois homens enquanto outro, com jeito de líder, revirava um baú com vários pertences, provavelmente dos viajantes da carruagem acidentada. A aparição de Akim e Luís foi tão abrupta que os vilões ficaram sem reação por alguns segundos.

— Ordeno que soltem essa mulher! – gritou Luís, empunhando o sabre em direção ao homem no centro, que, por sua vez, fez um sinal estranho para os homens.

— Ora, ora! Vocês não são da polícia do ducado de Milão, também não são da polícia de Gênova. Eu sei porque eles não recrutam crianças. Então, acho que são apenas jovens no lugar errado, na hora errada – disse o homem que era alto, talvez trinta anos e vestindo roupas surradas, mas que deviam ter sido caras tempos atrás. Usava uma barba rala e possuía um nariz grande e imponente. Cabelos lisos e louros escorriam de sua cabeça até o pescoço e seus olhos eram bem escuros e penetrantes. – Aconselho a saírem daqui e cuidarem de sua própria vida. Os assuntos aqui não lhes interessam.

— Pois eu aconselho vocês a retirarem-se, para evitarmos derramamento de sangue – rosnou Akim. – Se assim procederem, prometemos poupar suas vidas.

— Olha só, chefe, o rapaz está pintado de preto! – estranhou um dos homens enquanto desembainhava.

— Ele é africano, Paolo! – explicou o líder. – Eles nascem com essa tinta, mas sangram como qualquer um.

— Sangro e faço sangrar. Querem uma demonstração? – provocou Akim.

A mulher até então quieta resolveu manifestar-se mesmo com os braços presos por dois homens. Estava com um vestido volumoso e pregueado sujo pela lama da estrada.

— Vocês falam demais, acabem com esses vermes de uma vez! – praguejou a mulher.

— Não é tão fácil assim – Luís explicou-se para a mulher sem deixar de apontar a espada para o líder dos assaltantes. – Eles estão em número maior.

— Mas também não querem se machucar, correto? – interveio Akim. – Então vamos nos acalmar, vocês entregam as pessoas e podem levar o que quiser.

— Levar meus pertences? De jeito nenhum! – protestou a mulher. – Acabei de perder meu emprego em Gênova e ele não durou nem seis meses. Isso é tudo que eu tenho. Se estão com receio de enfrentar esse bando de fanfarrões, me deem uma espada que eu resolvo.

— Fique quieta, mulher! – bradou o líder. – Estava discutindo com meus homens, convencendo-os a preservar sua virtude e roubar apenas o seu dinheiro. Como a senhorita é muito atraente, estava tendo dificuldades com a negociação.

— Quieta nada, vocês são muito covardes, aproveitando-se assim de uma viajante! É muito fácil serem valentes com essas espadas nas mãos, entretanto, se eu tivesse...

— Cale a boca! – gritaram Akim, Luís e o líder dos bandidos em um coro só.

— Tenho uma proposta– disse Luís. – Vocês soltam essas pessoas, entregam seus pertences e nós pagamos para que nos escoltem em segurança até o castelo de Montaldeo. Garanto que nós temos mais dinheiro em nossa carruagem do que neste baú.

— Então vamos matá-los também e ficar com tudo – concluiu um dos homens antes de avançar com sua espada em direção a Akim. O golpe veio preciso em direção ao pescoço do dahomey, que bloqueou com dificuldade a investida. O segundo golpe veio no mesmo pescoço, na direção oposta. Novamente Akim bloqueou, mas o ataque surpresa colocou-o em desvantagem e o homem certamente era um espadachim eficiente. O terceiro golpe desarmou o jovem, fazendo sua espada fincar na lama. O quarto seria novamente no pescoço, agora desprotegido, mas um som grave explodiu na clareira. Todos levaram as mãos aos ouvidos em reflexo pela intensidade da explosão, menos o espadachim, que caiu para trás com o tiro que dilacerou sua face. Pedaços de olhos e o nariz foram parar nas roupas de Akim. O maxilar ficou pendurado por apenas alguns músculos das bochechas e a língua partiu-se em duas. O homem agonizou sem rosto por cinco minutos antes de morrer finalmente.

— Não sei usar espadas, mas acerto um pombo no céu em dia de ventania, senhor Akim – disse a voz de James Cartwright. – Avise para esses senhores que, embora não possam me ver, minha visão é bem clara daqui e tenho mais dois mosquetes carregados. Dou o tempo de uma prece para correrem para bem longe antes de começar a atirar.

Akim ficou calado, com os olhos arregalados para os pedaços de gente em sua camisa. Luís deu de ombros e olhou para o líder.

— Bom, é isso! Acho melhor vocês irem embora, né?

O líder olhou o corpo mutilado caído no chão e, depois de procurar em vão por Cartwright, fez uma breve saudação.

— Peço desculpas pelo comportamento de meus amigos – falou. – Partimos em paz agora e deixaremos nossa conversa para outra oportunidade.

Dito isso, os homens entraram por um caminho na floresta e sumiram, deixando o corpo do companheiro morto estirado no chão e os dois outrora prisioneiros sozinhos com Luís e Akim.

— O cocheiro está morto – constatou o ex-refém que, até então, estava mudo.

— Nem sempre dá para salvar todo mundo – suspirou Akim.

Luís estendeu a mão para a jovem ainda irritada.

— Sou Luís Vaz Monteiro, podemos levá-los em nossa carruagem até o castelo de Montaldeo.

— Na verdade, estávamos indo na direção oposta quando esses vilões nos assaltaram – explicou a mulher.

— Mas ficaremos felizes em voltar até Montaldeo – apressou-se em dizer o ex-refém enquanto estendia a mão. – Sou Johannes, músico de Viena, ao seu dispor, e minha amiga faladeira é Mary Wollstonecraft.

— Eu sou Akim N'dugo Chinedu, príncipe de Dahomé, ao seu dispor, e essa voz que atira é James Cartwright, a quem devo desculpas...

— Deve mais que desculpas, não acha? – provocou Luís.

— Obrigado por salvar minha vida, senhor Cartwright! – disse Akim olhando para cima. – Está bom assim?

— E diga que entendeu que não sou um escravo!

— Eu entendi que não é um escravo e sou grato por ter salvado minha vida, inglês.

Mary olhou para o grupo e fez uma reverência.

— Sendo assim, eu também agradeço.

O grupo retornou até a carruagem e seguiram em direção a Montaldeo, agora mais apertados. Cartwright agora ia com um sorriso de satisfação e o nariz inclinado 45º graus para cima. Akim olhou de rabo de olho para o inglês, mas depois começou a sorrir.

— Meu herói! – brincou.

— Então, tenho uma conterrânea para conversar, finalmente – disse James para Mary. – Você é de qual região?

— Sou de Bath, uma cidade próxima a Bristol – respondeu Mary ainda desconfiada.

— Pois sou de Marwood, Leicestershire. Meu tio é reitor da igreja de Goadby – contou Cartwright. E o senhor Johannes é austríaco, pelo visto?

— Sim, nasci em Salzburgo, agora trabalho na corte de Viena.

— O senhor Johannes é um músico incrível, eu o vi tocar em Gênova – elogiou Mary.

— E a senhora Wollstonecraft é muito generosa em seus elogios – agradeceu Johannes. – Estávamos em animada conversa antes desses vilões estragarem a viagem. Aliás, agradeço a discrição perante os bandidos.

— Você pediu discrição e eu fui discreta. Apesar de discordar de seu ponto de vista.

O Fantasma de Montaodeo

— Vocês estão falando sobre o quê? – perguntou Luís.

— Quando os vilões estavam para nos abordar, o senhor Johannes pediu para chamá-lo apenas pelo seu primeiro nome – explicou Mary. – Embora eu pensasse que o fato de saber que assaltavam o famoso Mozart os tornaria menos dispostos a nos matar.

— Mas poderia deixá-los mais dispostos a me sequestrar e pedir um resgate para meu pai. Este, por sua vez, não é um homem abastado como você possa pensar.

— De qualquer forma, não contei para aqueles vilões que o senhor era um músico famoso, senhor Mozart, então pode confiar em mim.

— Mozart? – exclamou Luís.

— Mas você não era um menino que tocava piano? – indagou Akim.

Johannes olhou para os dois e deu uma gargalhada engraçada.

— Tenho vinte e quatro anos – informou. – Músicos também crescem com o tempo.

— Por que se apresentou como Johannes? – indagou Luís. – Eu sempre quis conhecê-lo. Falam muito de sua música!

— Johannes é meu nome de batismo. Johannes Chrysostomus Wolfgangus Theophilus Mozart.

— Ai, meu Deus! – exclamou Luís.

— Sim, todo mundo reage assim, estou pensando em mudar meu nome para "Ai, meu Deus" ou algo parecido – disse Mozart antes de gargalhar novamente.

— Mas o que faz um músico tão famoso para se divertir em Gênova? – perguntou Akim.

— Trabalho, é claro! – respondeu Mozart. – Longe e escondido de meu patrão. Toquei em Gênova, depois tocarei em Milão e voltarei para Salzburgo sem que meu patrão saiba que ele me paga pouco.

— Mas seu talento com música é famoso em toda a Europa! – replicou Luís.

— Meu caro amigo, e agora salvador, tenho vinte e quatro anos e meu talento com música nunca foi questionado. Entretanto, para sobreviver, é preciso ter talento para lidar com pessoas, e esse, sim, é um talento muito questionado de minha parte.

— Acho que o entendo – disse Luís. – Aprendi a manejar bem uma espada porque não tenho paciência com as pessoas.

— Eu também não sei lidar com pessoas – disse Akim. – Mas tenho dinheiro e todas as pessoas gostam de dinheiro. Logo, acabam se dando bem comigo.

— Mas você não gosta disso, não é? – indagou Mary. – Percebo rancor na sua voz.

— Você é uma boa observadora para quem até há pouco não parava de falar.

— Quer dizer que sou boa observadora para uma mulher, não é?

— Por que é tão provocativa, milady? – questionou Cartwright.

— Não sou sua lady – respondeu Mary olhando o compatriota nos olhos. – Mas posso ser sua amiga.

— De fato – disse Mozart. — Estava a concordar com muitas das ideias dela sobre igualdade.

— Refere-se às ideias do senhor Rousseau de liberdade, igualdade e fraternidade? – perguntou Luís animado.

— Sim, o senhor leu?

— *Discurso sobre a Origem e Fundamentos da Desigualdade Entre Homens*, claro que li! – empolgou-se o português.

— Os homens não são todos iguais – desdenhou Akim.

— Do que vocês estão falando? – indagou Cartwirght, imprensado a Johannes.

— Estão falando de um lunático com sonhos cor-de-rosa – afirmou Akim. - Tomas Hobbes é quem sabia do que estava falando: *homo homini lúpus!* O homem é o lobo do homem. Funciona na natureza, funciona com o ser humano. Ganha quem é o mais forte. Sou a favor de que o mais forte possa proteger aqueles mais fracos dos outros predadores, mas não vou concordar com aquilo que não funciona na prática. Nós somos predadores, senhorita Wollstonecraft. Aqueles homens na floresta deixaram isso bem claro.

— Mas não estou falando em ser ingênuo, senhor Chinedu – replicou Mary. - Estou falando de tratamento igual entre homens e mulheres.

Akim balançou os olhos, como se tentando entender a afirmação, e depois buscou ajuda nos olhos de Luís. Finalmente deu-se por vencido.

— Como assim? Quer que homens tenham filhos e mulheres urinem em pé?

— Não, senhor Chinedu, estou falando de direitos políticos – explicou Mary. – Fazem protestos e discursos para que os homens tenham mais direitos políticos, mas não se fala em dar esses direitos a nós, mulheres.

— Eu também não entendo – disse Luís. – Por que as mulheres iriam querer direitos políticos?

— Há governantes mulheres muito competentes na minha terra – disse Cartwright. – Assim como na Rússia. O que ela diz faz sentido. Claro que eu não admitiria isso em sala de aula, na presença de um professor, mas...

— Eu concordo com a senhorita Wollstonecraft por um motivo simples, cavalheiros – interveio Johannes. – Minha irmã Nannerl possui um talento musical maior que o meu e nosso pai forçou-a a abandonar a música porque a sociedade assim impõe. Ela acatou obedientemente a determinação de meu pai e foi ser mãe, cuidar de filhos dos outros, pois seu marido já era viúvo. Minhas relações com meu pai nunca estiveram tão estremecidas depois disso. Se as ideias da senhorita fossem postas em prática, Nannerl teria uma vida melhor.

— Sonhos são para os tolos, por isso são chamados sonhadores – afirmou Akim.

— Quando se sonha sozinho, é apenas um sonho. Quando se sonha juntos, é o começo da realidade – disse Mary.

— *Dom Quixote de La Mancha*! – identificou Luís. – Já leu?

— Sim, é meu livro preferido! – afirmou Mary.

— O Cavaleiro da Triste Figura – comentou Akim. – Também já li. E ele morre no final. Assim como o seu Cristo. Parece que, vocês, europeus têm adoração por tragédias. Meu povo é mais romântico. Gosto também dos árabes, esses, sim, são grandes escritores.

— Acho *Dom Quixote* uma ótima obra, senhor Chinedu – protestou Mary.

— Não entendeu o que eu disse. Falei que gostava mais dos escritores árabes, mas não disse que não gostava de Miguel de Cervantes. De fato, gosto muito de passagens de *Dom Quixote*.

— Qual sua passagem preferida? – perguntou Mary.

— Aquela que diz que o amor e a afeição com facilidade cegam os olhos do entendimento – ironizou Akim.

Luís e James entreolharam-se.

— Nossa passagem preferida de Dom Quixote é também nosso lema! –

disse Cartwright antes de começar a recitar versos com Luís como se fosse um jogral.

"Sonhar o sonho impossível,
Sofrer a angústia implacável,
Pisar onde os bravos não ousam,
Reparar o mal irreparável,
Amar um amor casto a distância,
Enfrentar o inimigo invencível,
Tentar quando as forças se esvaem,
Alcançar a estrela inatingível:
Essa é a minha busca"

A carruagem prosseguiu animada até o Castelo de Montaldeo.

Os criados e a lenda

O Castelo de Montaldeo ficava na cidade do mesmo nome, entre as belas colinas de Monferrato. Construído com pedras, mantinha-se imponente em sua forma quadrada original do século XIII, mas fora reconstruído no século XIV e transformado na casa senhorial do século XVII.

Já era noite quando a carruagem passou pelas ruas estreitas da vila. Uma chuva fina criava uma camada d'agua sob as paredes e os telhados. Demorou algum tempo até a carruagem percorrer as ruas molhadas e estreitas até chegar novamente na floresta e subir as colinas na pequena ruela que levava ao Castelo de Montaldeo. Era uma construção antiga fortificada com altos muros em cima de uma colina. A entrada era um grande arco com duas torres, ondehavia guardas armados para repelir aqueles que não eram bem-vindos. Os muros que antecediam a estrada também eram enormes e metiam medo. A impressão que dava é que os visitantes estavam totalmente vulneráveis a qualquer ataque vindo do castelo. Provavelmente, isso deve ter sido muito intimidador em tempos passados, para evitar invasões. O vigia reconheceu a carruagem e deixou-a entrar apenas acenando para o cocheiro.

— Este lugar é velho — comentou Akim.

— Tem mais de quinhentos anos – comentou Luís.

— Será que Rivera já chegou? – indagou Cartwright.

— Não vi outra carruagem, mas pode estar lá atrás nos currais – respondeu Luís.

— Eu não vi currais – disse Akim.

— Nem eu. – Luís ergueu os ombros. – Mas este lugar é grande. Akim, notou uma coisa estranha?

— É um castelo, e não um palácio – respondeu Akim.

— Qual a diferença? – perguntou Cartwright.

— Palácios normalmente não têm muros – respondeu Luís.

— E o que diabos isso tem a ver com cavalos? – indagou Akim.

— É que provavelmente os cavalos estão dentro da fortificação – respondeu Luís. – Em caso de ataque, ou de um cerco, o castelo tem que ser autossustentável.

— Mas não é isso que estou tentando dizer. É que eles arrumaram e redecoraram este castelo há pouco tempo e não capricharam muito.

— Parece meio abandonado – concordou Mozart.

— Um castelo velho, chuva, me sinto em casa, na Inglaterra de novo – ironizou Mary.

— Eu também – concordou Cartwright.

Um homem alto e imponente veio recebê-los na entrada acompanhado de vários criados que trataram de descer os passageiros e suas bagagens e levá-los para o interior do castelo, que estava bem iluminado, decorado com tecidos vermelhos sobre a pedra e os móveis de madeira. Armaduras, escudos e espadas enfeitavam as paredes internas do salão que entravam.

Vários castiçais iluminavam o ambiente. Eram de prata reluzente. Tudo estava muito bem limpo. Uma cabeça de alce parecia julgá-los do alto da parede.

Os criados conduziram-nos até um salão com uma imensa lareira que parecia caber todos eles dentro dela. Uma grande escadaria conduzia a um vitral com imagens sacras.

— Eles têm um piano ali – apontou Mozart. – Então também estou em casa.

O homem alto deu algumas instruções aos empregados e finalmente dirigiu-se aos recém-chegados.

— Sou Francesco Conti, administrador de Montaldeo e seu humilde criado –apresentou-se finalmente. — Lorde Andolini está fora da cidade, mas retorna amanhã. Por enquanto, espero que aceitem sua hospitalidade. O jantar ficará pronto em breve.

— Nós agradecemos a hospitalidade, senhor Conti – disse Akim.

— O senhor é o príncipe Shinedu, de Dahomé – disse Conti. – Padre Rivera nos avisou que seríamos visitados por jovens bastianes. Mas falou que vinham apenas dois rapazes. Não sabia que trariam seus próprios criados, por isso, providenciamos criados para vocês. Mas já que trouxeram, vou dispensá-los.

— Queiram me desculpar – disse Akim. – Este jovem cavalheiro muito pálido aqui é o senhor Luís Vaz Monteiro, também um baluarte como eu. Este de cabelos vermelhos é o senhor James Cartwright, seu ajudante, e tomamos a liberdade de convidar dois amigos que fizemos na estrada. Eles estavam sendo atacados por vilões e tivemos que ajudá-los. Esta é a Lady Mary Wollstonecraft, das ilhas britânicas, e este é o famoso músico Johannes Mozart.

— Ai, meu Deus! – exclamou Conti. – O senhor é o músico de Viena?

Mozart deu sua risada engraçada.

— Eu tenho mesmo que arrumar um nome para essas situações – brincou o músico.

— Que tal Amadeus? – sugeriu Mary. – Deixe Johannes para os íntimos. Use apenas Wolfgang Amadeus Mozart. É um bom nome artístico.

— Ai, vocês dois – riu Luís.

Os empregados enfileiraram-se para receber os convidados.

— Estes são os nossos criados – indicou Conti. – Estão aqui para servi-los dentro dos horários estipulados.

— Gostaríamos de conhecê-los – acenou Akim, fazendo uma reverência.

— Isso é normal? Digo, eu nunca entrei em um castelo assim, antes – sussurrou Mary para Mozart.

— Varia de cidade para cidade, de castelo para castelo, minha querida – disse baixinho. – Sorria e faça reverência.

— Pois bem, este é o senhor James Bates, é inglês, valete de lorde Andolini. Esta é a nossa camareira chefe, Alexandra Osvetnički, da Áustria. Nossas arrumadeiras, Amélia Rizz e Antonela Tessio, nascidas na região. Nossa cozinheira, Mariana Brasi, e sua auxiliar, Bianca Sollosso. E estes são os nossos lacaios: Emilio Barzini, primeiro lacaio, e Fracisco Pentangeli. Devo avisar que ele é mudo, mas extremamente competente. E, finalmente, este é nosso cavalariço, Amerigo Bonasera.

Todos fizeram reverências, sorriram amavelmente para os criados e foram retribuídos. Mas, logo em seguida, uma silhueta sombria desceu as escadas. Era alguém que vestia roupas escuras e cujo cabelo lembrava uma ave de rapina. Quando as luzes das tochas e velas revelaram-na, puderam ver que se tratava de uma mulher com uma silhueta sinistra. Akim teve que se controlar para não fazer uma cara de espanto.

— Lady, cavalheiros – disse Conti. – Esta é a governanta do castelo, senhora Dornellas.

A mulher fez uma reverência discreta que foi prontamente correspondida.

— Vocês, jovens, é claro, são muito bem-vindos – disse friamente a senhora Dornellas. – Entretanto, devo lembrar que há determinadas regras a serem seguidas nesta casa. O jantar é servido no salão principal às seis. O café da manhã está pronto às nove. Não fico depois do jantar. Não depois que começa a escurecer. Moramos na cidade, a cinco quilômetros daqui, então não vai ter ninguém por perto se precisarem de ajuda. Não poderíamos nem ouvir vocês à noite, no escuro. Ninguém poderia. Ninguém mora mais perto do que a cidade e ninguém chegará mais perto do que isso. À noite, no escuro.

— Não sei se Rivera inteirou-os da necessidade da sua presença aqui no Castelo de Montaldeo – apressou-se o senhor Conti. – Temos um pequeno problema que vem acontecendo já há alguns meses. Creio que Rivera explicará melhor assim que ele chegar amanhã.

— As pessoas morrem quando ficam aqui à noite – disse a senhora Dornellas bruscamente. – Há uma maldição nesta casa.

— Mas ano passado não havia nada – interrompeu Conti. – Quero dizer, não havia mortes. Ao menos não do jeito que está hoje.

— De seis meses para cá, nove pessoas morreram neste castelo – afirmou a senhora Dornellas, novamente com uma firmeza que incomodava claramente o senhor Conti. – É necessário que eles saibam, senhor Conti. Eles são apenas jovens e se vão passar a noite aqui, é justo que sejam avisados.

— Com certeza – concordou Conti.

Houve um silêncio desconfortável até que Mozart olhou para todos e deu uma gargalhada estranha.

— Então, nos avisem? – pediu o músico.

— Sim — concordou Luís. – Contem para nós o que acontece com o Castelo de Montaldeo?

O senhor Conti suspirou e encaminhou-se para o salão principal perto da lareira. A senhora Dornellas acompanhou-os.

— A lenda de Montaldeo é antiga – começou Conti. — Dizem que a irmã Costanza Gentile fugiu do mosteiro de San Leonardo, em Gênova, em 1699. A jovem foi reconhecida e parada em Voltaggio, mas a intervenção de Clemente Doria, senhor de Montaldeo e seu amante secreto, libertou-a. A história de amor que a ligava ao nobre genovês e a levara a fugir parecia terminar feliz.

— Mas não terminou – concluiu Luís diante do olhar da senhora Dornellas.

— Não, não terminou com um final feliz, meu jovem – disse a senhora Dornellas. — Diz a lenda que, numa noite de inverno, chegando inesperadamente no castelo, o marquês, que se apresentou por uma passagem secreta, umas das muitas que existem por aqui, surpreendeu Constanza nos braços de um novo amante.

— A raiva o cegou – continuou Conti. — Ele ordenou que dois soldados de sua escolta matassem a mulher e murassem o cadáver.

— Ela está enterrada em uma destas paredes, talvez nos muros, ninguém sabe – completou a senhora Dornellas.

— Então, indiferente à neve que fechava as passagens e os acessos ao castelo no inverno, ele deixou o Montaldeo para nunca mais voltar. Morreu vários anos depois, carregado de honras, mas longe de casa – contou Conti.

— Desde então, a maldita alma da freira lasciva vagueia pelos cômodos do castelo e pelas ruas da vila, e nas noites mais sombrias é possível ouvi-la chorar desesperadamente por se lembrar do sofrimento causado por essa curta paixão – concluiu a senhora Dornellas.

— Bom, se fosse o contrário – comentou Mary. — Se uma mulher matasse o marido e o transformasse em parte do muro, provavelmente ela seria presa e enforcada na hora.

Novamente um silêncio dominou o recinto e novamente foi quebrado pela risada estranha, aguda e quase que involuntária de Mozart.

— Mas se ela só chora, é só dar um lenço a ela – disse o músico.

Francesco Conti pigarreou coçando a garganta.

— Infelizmente, não é tão simples assim – disse Conti. — A freira foi vista por diversas pessoas dentro e fora deste castelo.

— E nove pessoas foram mortas nos últimos seis meses – complementou a senhora Dornellas.

— A polícia não soube determinar quem foi o assassino – disse Conti, como se estivesse discordando, mas estava apenas tentando amenizar o fato.

— E qual foi a causa da morte? – perguntou Luís.

— Apenas morreram – disse Conti. — Alguns porque o coração parou de bater ao ver a figura medonha. Outros foram degolados. Ela carrega uma adaga. Muitos a viram, flutuando no ar, segurando uma adaga.

— Lamento informar que somos, eu e o senhor Shinedu, apenas aprendizes de Rivera – disse Luís. — Até ele chegar, não sei se seremos de grande ajuda.

— Pois tenho certeza de que serão assim que ele chegar – disse Conti amavelmente. – Por enquanto, deixem que os criados mostrem seus quartos.

— Perfeitamente – respondeu Luís dando um sorriso.

Os quartos

Mary e James, por serem ingleses e com o cabelo de cor semelhante, foram encaminhados pelo lacaio, Emílio Barzini, e a camareira chefe, Alexandra Osvetnički.

— Me desculpe a pergunta indiscreta, milady, mas vocês vão ficar em quartos juntos ou separados? – indagou Alexandra.

— Separados – adiantou Cartwright.

— Sim, claro – disse Barzini. – Peço perdão pela ignorância.

— Por conta do fantasma, colocaremos todos vocês no mesmo corredor – informou Alexandra. – Assim, se algo acontecer, vocês podem ouvir.

— Entenda, nós não estamos ficando na casa após o anoitecer, moramos a cinco quilômetros da cidade e ninguém... – Barzini hesitou.

— Ninguém vai nos escutar à noite, no escuro – completou Mary.

— Sim, é verdade.

Entraram em um luxuoso quarto, todo decorado com tecidos vermelhos. Um grande espelho repousava em um canto. A cama era grande e parecia aconchegante.

— Este é o seu quarto, milady – disse Barzini. – Vou levar o senhor Cartwright até o dele, que é o da porta da frente.

— Deixamos frutas frescas, pão e queijo na mesinha caso tenham fome mais tarde, quando não estivermos aqui, milady. – Alexandra apontou para a mesa com uma cesta com várias guloseimas que pareciam apetitosas. Mary agradeceu.

— Posso ser útil em mais alguma coisa, milady? – perguntou a camareira.

— Na verdade, eu queria saber se este fantasma é realmente... real... – hesitou Mary.

— Infelizmente, é verdade, milady – disse Alexandra olhando para baixo, como se lamentasse.

— Não me chame de milady – disse Mary. – Se as regas da casa a impedem de me chamar de Mary, pode me chamar de senhorita Wollstonecraft.

— Woll....

— Wollstonecraft

— Vou tentar, milady Wollstonecraft.

— Tudo bem, é um nome complicado para se falar nesta região – disse Mary.

— Eu não sou desta região, senhorita Wollstonecraft – disse Alexandra. – Meu sobrenome é Osvetnički, venho da região dos Balcãs. Tive que vir para cá para cuidar da minha mãe há alguns anos e acabei ficando.

— Por coincidência, estou voltando para a Inglaterra para cuidar da minha mãe – comentou Mary. – Ela está meio doente, quero ficar ao lado dela.

— Minha mãe morreu logo que cheguei. Eu já havia trabalhado de camareira. Lorde Adolini me ofereceu o serviço. Aos poucos, me tornei camareira chefe. Sou muito grata aos Andolini.

— Eles parecem ser bons patrões – comentou Mary.

— São boas pessoas – assentiu Alexandra. — Não posso pôr a mão no fogo por todas as pessoas que trabalham ou trabalharam no castelo. Mas os Andolini são uma família que eu respeito.

Luís entrou nos aposentos acompanhado de Francisco Pentangeli, um dos lacaios.

— Espero que estes aposentos sejam adequados, senhor Monteiro – disse Pantangeli.

— São mais do que apropriados, meu caro – respondeu Luís. – Eu agradeço.

— Deixamos uma cesta com comida – apontou Pentangeli. – Tem frutas frescas, pão, bolo, queijo e vinho, caso tenham fome durante à noite.

— É muita gentileza de vocês – agradeceu Luís.

— Tem um estoque de carvão ao lado da lareira – mostrou Pentangeli.

– Sei que estamos no final de maio, mas, de qualquer forma, o tempo aqui é imprevisível. Posso ser útil em mais alguma coisa?

— Pode sim, senhor Pentangeli – disse Luís tirando o casaco e pendurando no armário. — Preciso saber sobre as vítimas do tal fantasma. Eram conhecidos de vocês?

— O senhor Conti e lorde Andolini deverão dar informações mais precisas, meu senhor – disse Pentangeli.

— Mas estou perguntando a você – insistiu Luís. – Vocês conheciam as vítimas? A vila é pequena. Provavelmente, todos conhecem todos.

— Sim, senhor Montecchio. Desculpe, senhor Monteiro. — Pentangeli parecia incomodado com a pergunta. — Eu conhecia a filha do senhor Massaro, Daniele. Foi a segunda vítima. Logo depois, foi o próprio senhor Dino Massaro quem foi morto. Ambos não eram amigos do Marquês, apenas conhecidos de todos na vila.

—Refere-se ao lorde Andolini? – indagou Luís. – Pensei que ele era conde.

— Os senhores de Montaldeo acumulam os títulos de conde e marquês, meu senhor – respondeu Pentangeli.

— Eu não sabia – desculpou-se Luís. – O que o inspetor de polícia diz sobre isso tudo?

— Vieram inspetores de Gênova e não chegaram a grandes conclusões – disse Pentangeli.

— E as outras vítimas? Quem eram? – insistiu Luís.

— O senhor Baresi foi a primeira vítima, ele gerenciava uma das empresas de pesca em Gênova e mantinha uma casa aqui e um escritório. Passou a noite no castelo porque cortejava a filha do Conde, Apolônia. Pretendia casar-se com ela. Foi morto na frente de todos durante o jantar. Naquela época, esta era uma casa de grandes festas e muitas alegrias, meu senhor.

— Só me falou de três vítimas – disse Luís. – Eu quero saber o nome de todas e o que faziam.

— Bom... — Pentangeli engoliu em seco. Claramente não queria discutir sobre o assunto, mas respirou fundo e começou a falar. – Depois de Baresi, foi a senhora Daniele Massaro, moradora local. Depois, seu pai Dino, como lhe falei. O padre Pirlo tentou confrontar o fantasma aqui no castelo e foi morto. Depois foi o jovem jardineiro, Genaro Materazzi, e sua esposa, que também se chamava Daniele. A morte mais horrível foi a de Alessandro Del Piero, que era o antigo administrador deste castelo. Era dedicado e fiel ao lorde Andolini. Encontramos seu corpo no escritório com as mãos amarradas e o pescoço cortado. Seu coração havia sido arrancado e colocado em sua mesa de trabalho. Quando a mãe de Danielle, senhora Grosso, veio para o enterro, o fantasma a matou também. A última vítima foi um policial que patrulhava as ruas, Mario Balotelli. Ele estava com dois colegas de trabalho perto da subida para o castelo quando o fantasma o atacou.

— Quer dizer que praticamente não havia relações entre eles, além de morarem na vila – disse Luís pensativo.

— Posso ir agora, meu senhor? – pediu Pentangeli.

— Só me responda uma última pergunta, gentil senhor Pentangeli – disse Luís. — Vocês têm uma biblioteca aqui?

— Sim, senhor! – assentiu Pentangeli. – Uma grande biblioteca no andar de cima.

— Depois, gostaria de visitá-la, se possível – disse Luís.

— Transmitirei seu desejo ao lorde Andolini, meu senhor – disse Pentangeli. – Posso ir?

— De certo que sim – disse Luís. – Obrigado pelas informações.

Akim foi levado para seu quarto pessoalmente pela governanta, senhora Dornellas, acompanhada de uma das arrumadeiras, Amélia Rizzi. Akim notou o olhar das duas. Ele conhecia esse tipo de olhar há tempos.

— Vocês não veem muitos homens como eu aqui, não é? - perguntou o dahomey.

— Eu nunca vi um homem com a sua cor, Alteza — disse Amélia.

— Eu já vi vários em Gênova – disse a senhora Dornellas. - Mas confesso que nunca vi um príncipe de verdade, Alteza. O castelo não hospeda muita gente.

— Sua pele parece ser feita de chocolate – comentou a arrumadeira.

— Amélia Rizzi, comporte-se – repreendeu a senhora Dornellas. –Vossa Alteza é convidado do Lorde. Não lhe foi permitida essa intimidade.

— Não se incomode, senhora Dornellas – disse Akim com um sorriso. — A primeira vez que vi uma pessoa branca na minha frente foi aos doze anos e comecei a chorar. Achei que eram fantasmas. E, por favor, não estou aqui como príncipe. Sou um bastiane, um baluarte da Santa Igreja, discípulo de padre Rivera. Então, se não quiser me chamar de Akim, senhor Shinedu está mais adequado por ora.

— Como quiser, senhor Shinedu – disseram a senhora Dornellas e a senhorita Rizzi juntas.

As duas começaram a colocar as coisas de Akim no armário. Enquanto isso, ele mesmo abriu um baú e colocou algumas figuras sobre a penteadeira. Além de uma cruz de madeira que pendurou na parede.

— Se me permite a impertinência – perguntou Amélia Rizzi, para o desespero da senhora Dornellas. – Vi que usa o símbolo da Igreja, mas também usa de outros deuses. O senhor não é mouro?

— Não sou mouro. Em meu país, cultuamos diversos deuses. Mas um baluarte deve submeter-se à Santa Igreja como seu maior protetor – explicou Akim. – Mas combatemos as forças do mal. E há outros seres, outras entidades, que nos ajudam. Jesus não recusava amizades. Esses são deuses do meu povo. Eu não recuso a ajuda deles. Nem padre Rivera. E para onde vou, no Novo Mundo, devo estar preparado para novos amigos e novos inimigos.

À noite, no escuro

O jantar foi servido exatamente às seis, e depois que retiraram os pratos, os empregados retiraram também a si mesmos do castelo. A senhora Dornellas ofereceu hospedar quem quisesse em uma estalagem na cidade, para não terem que passar a noite ali. Mas os cinco recusaram. Concordaram, porém, que dormiriam todos no salão principal, que oferecia bastante espaço para todos.

Buscaram em seus quartos as cestas de frutas e trouxeram-nas para o centro. Akim pediu licença e foi para um canto mais reservado na sala. Todos pensaram que ia usar um penico ou coisa parecida. Mas, de repente, ele começou a fazer uma série de exercícios.

— Jeronimus Mercurialis – disse Luís. – De arte gymnastica.

— Não só ele – disse Akim enquanto levantava uma espécie de pedra lapidada apenas com o braço direito enquanto estava sentado. — Ele resgatou algumas tradições para aperfeiçoar a forma física dos tempos dos romanos e dos gregos. Mas meu povo tem lá seus métodos também.

Tudo aquilo durou quase uma hora. Depois, Akim foi até o quarto de banhos, onde já havia pedido para um criado deixar vários baldes d'água, e lavou-se. Ao chegar na sala, sentou-se e começou a comer das cestas.

— Você cheira como um bebê agora – observou Mary.

— O que fez com a roupa que estava? – perguntou Cartwright.

— Lavei lá no quarto de banhos – respondeu Akim de boca cheia.

— Por isso trouxe tanta roupa – observou Luís. – Você costuma trocar-se com frequência.

— Tradição do meu povo – disse Akim pensativo. – Ou pelo menos tradição da minha mãe.

— Será que baluartes tomam banho todos os dias? – brincou Luís. — Porque Rivera o iniciou em tudo isso. Eu simplesmente fui jogado nesta aventura quase por obrigação. Na verdade, por causa da minha avó.

— Rivera me ensinou muitas coisas sobre o seu deus, Jeová, e sobre a história de Cristo, que eu já conhecia pelos escritos dos muçulmanos – disse Akim. – Mas o que aprendi sobre os baluartes foi com minha mãe, que era como a avó de Luís. É como se fôssemos escolhidos pelos deuses. Eles nos dão dádivas, mas também obrigações. Rivera deve conversar melhor com você assim que chegar.

— Você sabe mais sobre o que nos metemos do que eu, certamente – diz Luís. — Eu confesso que tinha outros planos. Queria ser professor em Pavia algum dia. Mas minha avó...

— Se vocês estão perdidos, imagina eu e a senhorita Wollstonecraft – disse Mozart. – Estávamos a caminho da França quando fomos parados por aqueles vilões. E agora estamos em um castelo mal-assombrado. Não me entenda mal. Somos gratos por terem salvado nossas vidas e admito que a ideia da companhia de vocês e desta bela jovem é agradável.

— Mas preferia estar na corte de Viena a esta hora – disse Luís com um sorriso. – Nós entendemos.

— Acho que não é só isso – insistiu Mozart. – Acho que entendo o que sentem. Desde pequeno fui mandado por meu pai, para ser quem ele queria que eu fosse. Viajamos por toda a Europa para tocar para reis, rainhas, duques, marqueses, condes e viscondes. Admito que não sou infeliz. Mas o fato de estar em um lugar que não foi predeterminado para eu estar não me é desagradável. Dá o que pensar na vida.

— Eu tentei fugir da minha vida também – disse Mary. – Mas, às vezes, sinto que o destino é cruel. Estou escrevendo um livro. Este que carrego comigo. Queria ser escritora, mas agora tenho que cuidar da minha mãe. É como se as obrigações nos perseguissem.

— Bom, eu estou aqui porque se ficasse em Pavia, todos a quem Luís andou surrando nos últimos anos vão querer descontar em mim – disse Cartwright.

— Mas pretendo voltar ano que vem e continuar. Quero ser médico, talvez. Ainda tenho esperança de que meu destino não esteja tão fechado e decidido.

— Por falar nisso, senhor Mozart – disse Mary. – Tem um piano ali e não há ninguém para reclamar do barulho. O castelo é só nosso. Isto é, se você não se incomodar.

Mozart levantou-se sorrindo e foi até o piano. Começou a tocar uma melodia rápida, como se quisesse mostrar seu virtuosismo como músico. Durante vários minutos, tocou diversas músicas que alegraram o ambiente. Depois, começou a tocar de forma mais lenta e começou a falar enquanto tocava. Não estava cantando, apenas conversando sem parar de tocar. Parecia que o ritmo da música acompanhava suas palavras.

— A minha vida é a música, lady Mary – disse Mozart. – É como se eu fosse transportado para outro lugar. Talvez para o céu. Esqueço onde estou. Há uma conexão completa entre mim e o piano. Quando estou regendo a orquestra, é como uma orgia, daquelas que trariam calafrios ao Marquês de Sade. E gosto quando percebo que minha música traz alegria aos que a escutam. Este sou eu. Eu sei quem sou. Não o "Ai, meu Deus", mas alguém que está feliz em fazer o que faz. Espero que vocês também encontrem seu caminho. E sejam felizes fazendo o que nasceram para fazer. Mesmo que isso nos custe tudo. E acho que é isso. – Mozart faz uma pausa e toca acordes de encerramento. – A música me tirou tudo e me deu tudo. Eu dei a minha vida a ela e ela me dá a vida. Quero saber de vocês. O senhor Shinedu, por exemplo, deu sua vida para se tornar quem é. A pergunta é: valeu a pena?

— Bom, meus queridos amigos – disse Akim depois de acabar de comer um doce. — Confesso que não tenho tanta certeza de quem sou ainda. Mas posso dizer uma coisa. Minha mãe nasceu em uma tribo em Dahomé. Desde cedo, ela se tornou uma grande caçadora. Todos da tribo a chamavam de Akukonta, a pantera. Ela corria como o vento e saltava sobre as casas. E quando havia espíritos ruins, ela os via. Um dia, um estranho homem veio do norte em uma caravana. Era um persa, um sheik. Ele trouxe vários presentes, mas não exigiu nada em troca. Trouxe roupas, ouro e convidou-a para ser sua esposa, mas ela não o quis. Mesmo assim, ele jurou honrar o nome dela e deu-lhe um amuleto com um pentagrama e uma espada. Ele a chamou de fathor. Disse que ela poderia ferir até os mortos. Minha mãe não se casou com ele, mas aceitou viajar na caravana e conhecer outros lugares, deixando a tribo para sempre. Um dia foi no reino de meu pai, então príncipe de Dahomé. Lutaram juntos muitas guerras e, quando ele se tornou rei, casaram-se. Tive muitos irmãos mais velhos. Eles herdarão o trono de meu país. Mas minha mãe deu o amuleto e a espada para mim. Trouxe-me os melhores professores do reino. Professores de ciências, de luta e de magia. Até que, ano passado, disse que eu deveria ir para o norte com a mesma caravana. O sheik me levou para a Espanha, para uma escola.

— Ela fez isso sem lhe dizer nada? – indagou Mary. — Sem explicar nada?

Akim riu, mas um sorriso carregado de tristeza.

— Ela me explicou sim - suspirou Akim. — Disse que eu era o único com os poderes dela. Ela havia dado a espada para todos os filhos, mas a espada rejeitou todos. Mas no final, a espada me escolheu.

— E você consegue saltar casas e correr como o vento? – perguntou Cartwright espantado.

— Não - lamentou Akim. — Fui um bom aluno com todos os professores. Mas, como você mesmo pode ver, fui facilmente derrotado por aquele bandido na estrada. E a espada... Bom, é apenas uma espada. Mas minha mãe acreditava em mim, me deu esta missão de ser um baluarte. Ela e seus muitos deuses parecem ter muitas certezas. Mas o fato é que nunca vi um fantasma.

— Cadê o português? – indagou Mary assustada.

Todos olharam em volta e perceberam finalmente a falta de Luís. Depois, entreolham-se por segundos que pareciam intermináveis.

— Não acredito que o idiota foi para a biblioteca – praguejou Akim irritado.

— O senhor Francesco mostrou a biblioteca para ele. Fica logo na sala ao lado – apontou Mary.

— Mas sugiro irmos todos juntos – disse Cartwritght. - Não é uma boa ideia ficarmos separados com um fantasma assassino à solta.

— Negativo – disse Akim. - Não vamos nos pôr em risco porque ele é impulsivo. Vá você que é criado dele. Se morrer, o prejuízo é dele.

James Cartwright pensou e chegou à conclusão de que Akim tinha alguma razão. Pegou uma vela e começou a caminhar em direção ao outro cômodo, quando o dahomey o deteve com a mão.

— Pensando bem, você salvou minha vida hoje – lembrou Akim. — Eu tenho que ir contigo para protegê-lo.

— Bom, vocês salvaram a nossa – disse Mary. – Então, nós vamos com vocês. A não ser que o Johannes queira ficar aqui sozinho.

Mozart deu sua risada nervosa e respondeu.

— Eu vou junto. Não vou ficar sozinho aqui nem morto.

O trajeto para o outro cômodo não era tão simples. Tiveram que passar por um grande corredor com várias estátuas de mármore que pareciam encarar os visitantes do castelo. Mary poderia jurar que uma das estátuas virou o pescoço para acompanhar sua passagem por ela e outra chegou a estender as mãos como se quisesse tocá-la. Tudo, é claro, poderia ser uma peça pregada pelo jogo de luzes envolvendo o corredor escuro e as velas que carregavam. Mas Mary preferiu cerrar os dentes e olhar apenas para a frente.

De repente, escutaram um som estranho vindo do cômodo à frente. Era a biblioteca que procuravam. Entraram e não viram sinal de Luís. Mas o som continuava.

— Que barulho é este? – indagou Mary.

— Eu achei que fosse você chorando – disse Akim, que estava na frente do grupo.

— Sim – disse Cartwright. – Parecia... Parece um choro de mulher.

— Pois eu não estou chorando – disse Mary e completou: – Ao menos não ainda.

A biblioteca era um salão amplo com centenas de livros. Logo na entrada havia um livro de registro para os empregados. Assim como seu pai fazia em seu palácio, cada funcionário ou membro da família poderia pegar livros para ler, desde que escrevesse seu nome e o nome do livro na entrada. Akim acendeu uma luminária e viu que Luís, metódico como sempre, havia assinado o livro, deixando em branco o local do nome do livro. "Lógico, , ele está lendo aqui dentro", pensou Akim. A constatação fez o dahomey rir. O som do choro continuou mais alto.

— Está vindo da janela – apontou Mozart, que, dentre todos, tinha os melhores ouvidos, com certeza.

Chegaram na janela e viram que o vento soprando nas árvores era o que dava a impressão de um choro feminino. Todos deram um suspiro.

— É até uma bela melodia – observou Mozart antes de dar sua risada estranha.

De repente, um grito pôde ser ouvido atrás dele. Imagens de mil

O Fantasma de Montaodeo

demônios, monstros, vampiros e outras diversas criaturas das trevas povoaram a mente dos visitantes, mas ao se virarem na direção do som, perceberam que era apenas Luís entretido com um livro de grandes proporções.

— Temos uma pista! – disse Luís finalmente.

— Temos um lunático, irresponsável, que nos largou sozinhos no salão – observou Mary zangada.

— Não adianta – disse Cartwright. – Quando está obcecado com pistas, ele não consegue se controlar. Na verdade, nem tenta.

Luís estava feliz da vida mostrando o livro para eles.

— Vejam só, eles têm um grimório no castelo – disse Luís ofegante. – Eu desconfiei desde o princípio!

— Eles têm o quê? – Mary aproximou-se do livro.

— Eles chamam de *grimoire*, é uma palavra francesa – explicou Akim. – É um livro de bruxaria, de feitiços. Na terra dele, provavelmente "aportuguesaram" para grimório.

— E o que faz este *grimoire*? – insistiu Mary. – E se ele faz bruxaria, não era para ser proibido?

— Aqui é a República de Gênova, senhorita Wollstonecraft – disse Mozart. – Nada é proibido aqui. Quero dizer, eles adoram tudo que é proibido. Quero dizer que isso não quer dizer nada. Um livro proibido em um castelo italiano não é nada de excepcional.

— Pois é, muito bom, pessoas, mas podemos voltar para nosso cômodo e dormir? – disse Akim.

— Este tem uma página rasgada aqui – mostrou Luís, apontando o castiçal que levava para próximo ao livro.

Cartwright pegou Luís pelo braço e o sacudiu. Sabia que isso, às vezes, ajudava-o a focar.

— Spike! – disse Cartwright com firmeza. – Fantasma ou não. Pessoas estão morrendo. Você não vai querer que ninguém sob sua responsabilidade corra risco de ser morto, concorda?

Luís finalmente desviou o olhar do livro e pareceu recobrar o bom senso.

— Tem razão, James – disse Luís finalmente. –Desculpem-me companheiros. Eu, às vezes, faço isso. Prometo me controlar o resto da noite.

Mary e Cartwright seguraram Luís, que parecia ainda estar meio avoado, e encaminharam-no em direção à saída. Akim olhou em volta desconfiado e trocou olhares com Mozart, que devolveu um suspiro. Não havia necessidade de passarem por aquilo. Era arriscado. Ambos viraram-se para a saída, usando suas velas para iluminar o caminho adiante. Se tivessem dado uma última olhada para trás, teriam visto uma imagem estranha. Uma mulher de preto, com roupas de freira, estava estática ao lado do livro. Depois, ela estendeu suas mãos e tocou o *grimoire*. De seus olhos caíam lágrimas silenciosas. O vento lá fora havia cessado de soprar e não fazia mais barulho. E de repente ela gritou, era um grito de ódio que gelou as almas de todos os que estavam presentes ali na biblioteca. E quando olharam para trás, viram uma figura etérea, flutuando ao lado do livro. Lá estava o fantasma da freira. Seu semblante era o de uma mulher com traços delicados, mas que estavam carregados de raiva, angústia e uma necessidade inexplicável, porém, determinada de atacar os que ali tiveram o azar de se encontrar.

De repente, o semblante mudou. A boca agigantou-se mostrando dentes grandes. Os cabelos esvoaçaram em uma aura verde que cobria todo aquele ser assombroso. Os braços esticaram-se e, sem que sua dona saísse do lugar, alcançaram Luís e o seguraram com força. Para seu desespero, o português sentiu que os braços não eram nada etéreos. Eram fortes e não apenas o imobilizaram, como também o puxaram para junto da criatura, que arregaçou a mandíbula como se fosse engolir o jovem português, que sentiu seu coração disparar, como se fosse a corrida de um cavalo veloz. Uma mão agigantou-se para segurar Luís e mantê-lo ali, imobilizado, apesar de suas tentativas de desvencilhar-se da freira fantasma que, com a outra mão, puxou um punhal que reluziu na luz das poucas velas que iluminavam a biblioteca. O punhal desferiu um arco do alto em direção ao peito de Luís e, quando o atingiu, ouviu-se um som metálico forte, como se duas espadas se cruzassem. Faíscas saíram do peito de Luís. E o fantasma pareceu ficar surpreso. Era o amuleto que cumprira sua função de proteger o jovem baluarte. Mesmo assim, Luís continuou imobilizado, preso naquela garra gigante.

Akim que se recuperou do susto e conseguiu desembainhar a espada e correr em direção à criatura que segurava Luís. Ao chegar perto de espada em riste, foi jogado para longe com um gesto da criatura. O dahomey caiu sobre uma pilha de livros e deixou cair a espada. Mary, por sua vez, pegou uma cruz anglicana e começou a rezar apontando o objeto em direção ao fantasma, que pareceu incomodar-se com aquilo. Cartwright usou sua boa pontaria e conseguiu atingir a cabeça do fantasma com um disparo sem risco de atingir Luís. O tiro, entretanto, passou pelo fantasma de Costanza Gentile como se passasse por uma nuvem de fumaça. Mozart, por sua vez, desmaiou.

O fantasma continuou a berrar um misto de rugido e choro. Olhou todos ao seu redor, principalmente Mary. As orações pareciam incomodar a criatura, mas ela não atacou Mary. Novamente tentou perfurar Luís, que parecia estar protegido por um campo de força gerado pelo amuleto. O fantasma tentou vários golpes, buscando encontrar um ponto fraco naquela proteção. Quando se preparava para tentar golpear de maneira mais forte, seu braço simplesmente caiu no chão com o punhal. Os gritos agora eram de dor. O braço sumiu quando levou um golpe da espada de Akim, enquanto o punhal ficou caído no chão. O fantasma pareceu não entender o que estava acontecendo. Finalmente largou Luís, que caiu no chão.

O braço do fantasma refez-se como uma nuvem de fumaça juntando-se novamente. Pegou o punhal no chão e atacou Akim. Punhal e espada cruzaram-se faiscando com um som metálico. Akim contra-atacou e foi a vez do fantasma bloquear o golpe. Luís recuperou-se e veio também de espada empunhada. Com um salto descomunal, ele se jogou sobre a criatura e desferiu um golpe de espada na cabeça. Mas a espada passou sobre o fantasma como se Luís apenas golpeasse uma nuvem de fumaça. O português acabou espatifando-se atrás do fantasma em meio a um monte de prateleiras. Costanza Gentile, então, agora sem medo de sua espada, voltou-se para Akim. Tentou apunhalá-lo, mas ele bloqueou com sua arma. Na hora em que Akim desferiu um contragolpe, cortou novamente o fantasma, desta vez em um ângulo diagonal. A criatura pareceu gravemente ferida e algo começou a vazar de suas entranhas, como se fosse sangue, só que branco e gelatinoso. O monstro rugiu de dor. Akim golpeou de novo e atingiu a mão que não estava segurando o punhal. Ela se partiu e o ectoplasma jorrou pela biblioteca em um espetáculo macabro. Ao ver que Luís recobrou-se e ergueu o amuleto em sua direção, o fantasma viu-se cercado. Rugiu para os dois e depois se atirou pelas janelas, quebrando os vitrais e fazendo o vento e a chuva de fora entrarem no ambiente. O fantasma de Costanza Gentile havia fugido.

— Vocês estão bem? – perguntou Cartwright para Akim e Luís enquanto empunhava o mosquete, embora já tivesse quase certeza de que aquilo seria inútil contra um fantasma.

O português acenou com a cabeça e trocou olhares com Akim como se estivesse checando o estado do amigo.

— Mary? – indagou Luís.

— Estou bem dentro do possível – disse a inglesa respirando com dificuldade. – Meu Deus, Mozart!

Todos correram para o músico caído no chão e o ajudaram a recobrar a consciência.

— Eu sonhei ou havia um fantasma nesta biblioteca? – perguntou o músico de Viena.

— Está mais para um pesadelo – respondeu Akim.

— Mas um pesadelo bem real – completou Luís. — Parece que sua espada é melhor do que você pensava, Akim.

O dahomey finalmente sorriu e suspirou ao mesmo tempo.

— Graças aos deuses, ela funcionou bem contra aquela coisa – disse Akim.

Olharam a biblioteca toda bagunçada. Vidros quebrados, janelas espedaçadas, livros espalhados pelo chão.

— Nenhum funcionário do castelo para nos dar bronca – disse Mozart.

— É que eles moram na cidade, a cinco quilômetros daqui – disse Mary imitando o jeito sombrio da senhora Dornellas. – Então, não vai ter ninguém por perto se precisar de ajuda. Não poderíamos nem ouvir vocês à noite, no escuro. Ninguém poderia. Ninguém mora mais perto do que a cidade e ninguém chegará mais perto do que isso. À noite, no escuro.

— À noite, no escuro – repetiu Mozart e Cartwright juntos.

Akim e Luís abriram sorrisos junto com Mary. Mozart não resistiu e deu sua risada enfadonha, fazendo todos darem risadas juntos.

Na noite que se seguiu, Luís e Akim revezaram-se vigiando com o amuleto enquanto os outros tentaram dormir. Mas o sono foi longe de ser tranquilo. Sabiam que estavam presos com um fantasma assassino e que ninguém os ajudaria ali, à noite, no escuro.

Visitas

*República de Gênova, Castelo de Montaodeo,
maio de 1779.*

O dia amanheceu com o sol claro, nenhuma nuvem retocava o azul daquela manhã de maio. O café foi realmente servido às 9h e era farto. Havia vários tipos de bolo e queijos. Havia algumas frutas exóticas que Luís nunca vira. Também havia chá e café. Todos se levantaram e desceram sem pronunciar nenhuma palavra sobre o ocorrido. Esperariam explicações de Rivera e do lorde Andolini.

— Ora, ora! Como é bom estar no meio da rota dos mercadores de Gênova – disse Akim sentando-se à mesa. Mary e Mozart já haviam se servido.

— Eu confesso que não como bem assim há dias – disse Mary.

— Eu não como desde ontem e estou faminto – disse Akim mordendo um tomate e pegando um pão.

Cartwright chegou de outro lado da cozinha, tinha ido buscar limões, orientado por uma das cozinheiras. Botou leite e limão no seu chá e ofereceu a Mary, que aceitou.

Luís empanturrava-se de pão com manteiga.

— Sabia que, no passado, os povos escandinavos, quando morriam, eram sepultados com barris de manteiga? – comentou com a boca cheia.

— Você sabe como abrir o nosso apetite – ironizou Mary.

— Eu comeria um viking inteiro agora – brincou Akim. – Pensando bem, comeria o porco de viking. O canibalismo não é muito aceito aqui neste continente.

— É aceito no seu? – exclamou Mary.

— Akim, pare de piadas e tome seu café – disse Cartwright calmamente.

— Tem razão, mas não, meu povo não é canibal – disse Akim. – Mas há canibais na África, como há aqui no seu continente e, principalmente, no lugar para onde vamos. Dizem que os selvagens lá adoram carne humana.

— Nem todos – disse Luís. – Eu andei pesquisando. Os únicos que a gente deve temer realmente são os utacá, uma tribo feroz. Rivera disse que teve contato com eles. São índios fortes, gigantes, caçam tubarões por esporte e, sim, adoram saborear a carne dos inimigos. Mas parece que eles vivem longe de onde vamos.

— O próximo que falar sobre canibalismo nesta mesa, eu juro que vai levar esta... – Mary procurou na mesa algo e encontrou um suporte de vela pesado. – Vai levar esta coisa na cara. Vai ter a boca sangrando e vai se sentir um canibal.

— Vocês ouviram a moça – disse Mozart. – Vamos comer de boca fechada. A comida está muito boa. Queria ter três cabeças só para poder comer mais – disse antes de dar sua risada esquisita.

O grupo já estava terminando quando a senhora Dornellas entrou no recinto e anunciou que Rivera havia chegado e que aguardava Luís e Akim na sala de reuniões junto com lord Andolini.

Akim e Luís levantaram-se e pediram licença. Mas, inesperadamente, Rivera entrou na cozinha acompanhado de uma bela jovem, de cabelos muito lisos. Parecia uma oriental, com olhos puxados que pareciam ser mais fechados, como se a pálpebra de cima fosse maior. Era alta e branca, mas não, definitivamente não era europeia. Não usava nenhum tipo de chapéu e os cabelos escorriam retos. Akim pensou na hora que nunca havia visto cabelos daquela forma. Vestia-se com roupas simples de qualquer moça europeia, com todas as devidas camadas, menos a peruca. Também não usava maquiagem, possivelmente porque chegara de viagem junto com Rivera.

— Não se preocupe comigo, senhora Dornellas – disse Rivera entrando na cozinha. Mesmo assim, estendeu a mão para dar a benção quando a senhora Dornelas pediu. – Deus te abençoe, minha filha. Mas como eu ia dizendo, eu já estava indo em direção aos aposentos quando a fome me bateu. Resolvi desfrutar do seu famoso desjejum e dividi-lo com minha convidada.

Todos se levantaram da mesa em respeito a Rivera e à convidada. A mesa, como tudo no castelo, era grande o suficiente para abrir um pequeno destacamento do exército de Turim. Então, Rivera pegou uma maçã e mordeu com vontade antes enquanto a senhora Dornellas encaminhava-o para um lugar de destaque na mesa.

— Akim e Luís – disse Rivera em tom solene. —Apresento-lhes finalmente sua última integrante da equipe. Esta é Jaciara. Ela veio comigo do Brasil e já faz alguns anos que trabalhamos juntos. Ela será sua mentora.

Todos fizeram reverência à moça que parecia ser mais jovem que Luís e Akim.

— Jaciara, estes são Luís Vaz Monteiro, de Portugal, e Akim Shinedu, de Dahomé. Já conversei bastante sobre eles contigo – disse Rivera. — Este me parece ser o jovem James Cartwright, que estava em Pavia, mas não conheço vocês dois, jovens.

— Estes são Lady Mary Wollstonecraft, da Inglaterra, e este é o jovem músico Johannes Mozart – apresentou Luís. – Eles são nossos convidados. Tivemos um encontro durante a viagem.

— Eles nos salvaram a vida – disse Mary com um sorriso simpático.

— Ai, meu Deus, é o famoso músico de Viena? – exclamou Rivera. – Desculpem a blasfêmia. Mas ouvi falar muito bem do senhor.

— A honra é toda minha – disse Mozart.

— Bom, esta, como já disse, é Jaciara Tšahi, do Brasil – apontou novamente Rivera para finalmente todos se sentarem.

— Desculpe, mas estávamos falando sobre os índios do Brasil agorinha mesmo – disse Luís. – Você disse que seu sobrenome é Tšahi[1], é francês?

— Sou uma índia utacá – explicou Jaciara.

Cartwright engasgou-se com seu chá. Mary também teve que se esforçar.

— Vocês comem gente? – indagou Luís.

— Como sempre, Luís, você tem a delicadeza de um elefante – disse Akim.

---

[1] Pronuncia-se "Sarrí"

— Mas é uma pergunta razoável – defendeu-se Luís.

— Não, não é – disse Mary. – Por favor, sente-se, senhorita. Não ligue para as perguntas deste narigudo.

— Minha tribo era conhecida no Brasil como os Utacá, Oitacá ou Goitacá pelos outros. Nós nos chamávamos apenas de nós, os guerreiros. Mas minha etnia foi chacinada por brancos quando eu tinha quatorze anos. Rivera me salvou e me trouxe para cá. E sim, nós comíamos nossos inimigos e alguns amigos – disse Jaciara com um sorriso indecifrável antes de sentar-se. A indígena tinha um sotaque muito diferente. Parecia um falar monótono, como se estivesse sempre com sono. Rivera tinha ensinado a menina a falar todos os idiomas que ele sabia. E em todas as línguas ela adotava esse modo de falar. Como se expressasse em sua voz um pedaço da dor de quem havia sido arrancada de seu mundo e jogada em um lugar selvagem.

Reunião e poderes

Com a barriga cheia e já descansado, Rivera reuniu Luís, Akim e Jaciara na mesma biblioteca do Castelo de Montadeo. Dessa vez, toda iluminada por grandes vitrais que deixavam o som lá de fora entrar pelos desenhos sacros. O corpulento padre vestia roupas típicas de um jesuíta. Esperou que todos se sentassem em volta da mesa e fez uma oração usando seu crucifixo de madeira. Olhou em volta e observou os rostos curiosos à espera de respostas dos jovens baluartes.

— O fantasma de Montaldeo nos atacou ontem – disse Luís.

Rivera percorreu com os olhos o estado da biblioteca. Vasos destruídos, vitrais quebrados, estantes de livros derrubados...

— É por isso que a biblioteca está parcialmente destruída? – indagou Rivera.

— Os amuletos e minha espada – disse Akim, ignorando a pergunta do mentor. — Não fossem eles, estaríamos mortos. Essa coisa tinha um maldito punhal de verdade e tentou transformar Luís em um queijo suíço.

— Mas aí não seria suíço, seria português, não? – observou Rivera.

— Você não está levando isso muito a sério, não é? – comentou Luís.

— Nós estávamos protegidos pelos amuletos, mas nossos convidados poderiam ter morrido – exclamou Akim.

— Eu não disse que poderiam trazer convidados – falou Rivera calmamente. - Ainda mais uma anglicana. Isso não é um passeio. Vocês vieram com uma missão.

— Mas você me ajudou a liberar Cartwright de Pavia – replicou Luís.

— É o seu criado, não seu convidado – Rivera levantou as palmas das mãos para cima. – São coisas diferentes. Ele está aqui a trabalho tanto quanto você. Mas a moça anglicana e o músico de Viena não deveriam ser expostos nesta missão.

— Você não disse que seria uma missão, disse que nos encontraríamos aqui para depois seguir para o Brasil – replicou Luís. – Honestamente, achei que isso aqui seria uma espécie de local de repouso antes de seguir viagem.

— Não, não é – disse Rivera. — E temos pouco tempo para resolvermos este problema do fantasma para podermos prosseguir viagem. Entenda, meu caro Luís, nós, baluartes, estamos sempre resolvendo problemas com forças das trevas onde quer que nós vamos. São o que podemos chamar de ossos do ofício.

Akim e Luís trocaram olhares. Não adiantaria brigar com Rivera agora. Acenaram com a cabeça e sentaram-se.

— Cavalheiros — começou Rivera. - Não tivemos muito tempo para conversar desde que vocês foram convocados. Infelizmente, os compromissos aqui na Europa para aprontar a viagem para o Brasil foram mais extenuantes do que eu acreditava. Enquanto Akim ainda tem uma ideia, passada por sua mãe, sobre onde vocês estão realmente se metendo, a minha querida Acilea não teve tempo de explicar, ou mesmo treinar o jovem Luís Vaz para o que viria pela frente. Ela se sacrificou porque a Coca o localizou. Sentiu o seu poder. Esses seres sentem o poder e alimentam-se dele. Quando a Coca matou sua avó, Luís, ela acabou morrendo também. Acilea preparou uma armadilha. Cocas são poderosas, ardilosas, mas não são muito inteligentes.

— Então aquela Coca está morta? - indagou Luís. — Mas eu não vi nenhum corpo além de minha avó morta.

— Ela foi desmaterializada - disse Rivera. — Acilea foi esperta. Não quis trazer suspeitas. Mas nos avisou antes. Na verdade, estávamos sempre de olho. Por isso a família real de Portugal tornou-se sua protetora. Um pequeno favor a pagar pelos serviços prestados de sua maior guerreira.

— Por isso a Rainha dispensou o Marquês de Pombal? - perguntou Luís.

— Sim — respondeu Rivera —, ele expulsou os jesuítas, arrumou briga com a Igreja. Já a rainha é muito devota. Sempre pedimos para acolhê-lo. Pombal ia com a sua cara e ele sabia quem eram os Baluartes, mas nos culpou de incompetência pela destruição de Lisboa. De certa forma, ele tinha razão. Um dia contarei melhor sobre isso. Mas, sim, nós falhamos e a cidade foi destruída.

— Minha avó falou sobre isso – disse Luís. — Ela estava lá, não estava? Participou do que seja lá o aconteceu.

— Como eu disse, um dia eu conto com calma esta história, pupilo — disse Rivera. — Tenho que contar sobre sua mentora. Depois de mim, é Jaciara quem estará no comando. Mas é importante que vocês se comportem como um grupo. Trabalhem como uma equipe. Ela também escapou da Coca, seu irmão a trouxe até a mim cinco anos atrás. E eu então a tirei do Brasil e iniciei seus treinamentos. Entendam, os poderes de um bastiane são diferentes. Manifestam-se de forma diferente. Mas todos são difíceis de controlar. Teremos possivelmente cinco meses até chegarmos ao Brasil. Até lá, treinarei vocês com a ajuda de Jaciara. Mas, antes de tudo, preciso perguntar uma última vez. Vocês querem ser baluartes? Querem enfrentar as forças das trevas? Pois em verdade vos digo, a maioria das pessoas do mundo não sabe e não enxerga o que os cerca. Vivem seguros, confortáveis em suas casas, sem saber que nunca estão sozinhos. E a ignorância, cavalheiros, em alguns casos, pode ser uma benção. Mas estamos rodeados por seres deste Mundo Sutil. Nem todos nos querem mal, mas nem todos nos querem bem. Alguns nem ligam para nossa presença, mas é fato que, quando olhamos para eles e eles percebem, olham de volta para nós. Mas estou falando demais. Eu trouxe uns livros para vocês. Eles falam do tipo criaturas — Rivera entregou duas pastas de pano com livros para Luís e Akim.

— A gente vai ter que estudar? – reclamou Akim.

— O tempo todo.

— Você também gosta de estudar, Akim - disse Luís calmamente enquanto abria um dos livros e folheava-o.

— Tá, mas eu gosto mais de matemática, entende? –defendeu-se o dahomey. - E quando vamos conversar sobre o monstro que tentou nos matar ontem?

— Tudo a seu tempo, jovem Shinedu - disse Rivera com uma calma irritante na voz. — Dê uma olhada na página 55 de seu livro.

Akim folheou o livro e sorriu.

— Aprender sobre tipos de fantasmas e suas vulnerabilidades... Bom, até que é interessante.

— E os poderes deles? – indagou Jaciara. — Alguns eles nem sabem que têm. Eu vou ter que ensinar tudo a eles?

— Vai ser uma viagem longa até o Brasil – disse Rivera. – E eu vou com vocês. Então, , sim, terá que ensinar sobre os poderes deles enquanto aprende também a lidar com os seus. Mas, em ambos os casos, eu vou ajudar.

— Que poderes nós temos? – indagou Luís. — Eu entendo alguns, mas não entendo outros.

— Vamos descobrir juntos – disse Rivera.

— A maioria dos baluartes eram mulheres? – indagou Luís.

— Desde que começamos a atuar junto com a Santa Igreja, soube de mais mulheres do que homens que nasceram com as dádivas de vocês. Mas não sei se isso quer dizer muita coisa.

— Minha mãe – disse Akim. – Eu lembro de ela dar saltos enormes. Eu sei que consigo fazer algumas coisas, mas não sei como controlar isso. Quero dizer, não acontece na hora que eu quero.

— Vamos aprender uma coisa de cada vez – disse Rivera. – Agora, darei o resto da manhã para vocês conversarem e estudarem. Tirarem algumas dúvidas. Depois do almoço, encontraremos com o lorde Andolini e terão seu primeiro teste antes de ir para a Colônia.

— Começaremos por qual destes livros? – indagou Luís.

Rivera pegou um livro grosso com capa de couro, abriu e sentou-se à mesa. Fez sinal para que todos fizessem o mesmo. Até Jaciara obedeceu. Estava escrito "Baluartes e seus poderes".

Seguiu-se uma manhã cansativa. Mas Luís e Akim gostavam de desafios e não reclamaram. Da janela lateral, tinham uma visão do alto do castelo que invariavelmente atraía a atenção junto com pássaros que sibilavam pelo ar e sons diversos, como latidos de cães, mugidos de vacas, relinchar de cavalos e mesmo um vento mais forte produzindo sons que, devido ao silêncio do local, acabavam tornando-se mais propensos a serem ouvidos. Não se escutava conversas ou qualquer barulho dos empregados. Muito diferente da falação dos corredores da Universidade de Pavia ou mesmo do palácio que Akim abandonara em Dahomé pouco tempo atrás.

— Então, minha colega de trabalho – disse Akim. – Você também já viu uma criatura sobrenatural?

— Sim – respondeu Jaciara secamente. – Várias.

— Mas a primeira criatura que você viu – insistiu Akim. – O que ela fez? E o que você fez quando viu?

— Matou toda a minha família, toda a minha aldeia e eu fugi – disse Jaciara.

— Há todo o tipo de seres trabalhando para as forças das trevas – disse Rivera. – Até seres humanos. Ou que já foram humanos.

— Tipo baluartes do mal? – indagou Akim.

— Algo parecido – respondeu Rivera. – Enfrentei homens que cederam às promessas de alguns demônios. Eu soube anos atrás de uma tentativa de reunir um exército de seres malignos na Romênia. Mas foram derrotados pela geração mais antiga. A da avó de Luís, por exemplo. Agora, suspeitamos que querem fazer algo parecido no novo continente. Talvez porque as fronteiras entre os dois mundos ainda sejam frágeis do lado de lá. Soube de um feiticeiro poderoso que possui um dos artefatos sagrados. E usa-o para o mal. Ele se alimenta das almas das pessoas. É um poder dado, não foi adquirido. Provavelmente, um demônio fez um pacto com ele. E a alma de um baluarte é um alimento e tanto para seres como ele. Não sei muito sobre este homem. Ao menos, não tanto quanto eu deveria saber. Quando formos para o Novo Mundo, saberei mais. Só sei do nome: Alfonso. E sei que ele quase pega Jaciara quando ela ainda era uma criança. Não sei se ele sente a presença dela, ou se é ajudado por forças das trevas.

— É ele que teremos que enfrentar no Novo Mundo, então? – concluiu Luís.

— Talvez – disse Rivera. – Destaquei um grupo de baluartes para o Brasil anos atrás. Eles estavam na América do Norte e voltarão para lá assim que nós chegarmos. Espero que eles tenham dado conta deste Alfonso e de outros problemas que havia nas colônias portuguesas. Mas, por enquanto, focaremos neste primeiro desafio. O lorde Andolini deve chegar daqui a pouco.

— Bom, vamos por partes – disse Luís, levantando-se. — Já que estamos juntos para uma aula, acho que podemos começar a entender o que nós temos. Quais são os nossos poderes? Não é para isso que nos reuniu, Rivera? Não acha que deveríamos fazer mais do que simplesmente olhar livros?

Rivera acenou com a cabeça afirmativamente e trocou olhares com Jaciara, que se aproximou de Akim e apontou para a espada.

— Sua mãe não o ensinou a usar esta espada? – perguntou a indígena.

— Ela tentou, mas morreu antes de completar meu treinamento – disse Akim olhando para baixo e depois para a espada. – Eu fui o último filho que ela teve. Morreu idosa. Morreu em paz. Devo ser grato por isso.

— Mas não é – observou Jaciara. – Você só veio porque foi o último pedido dela, não foi?

— Você e Luís têm muito em comum – disse Akim sarcasticamente. — Têm a sutileza de um rinoceronte.

— Eu nunca vi um rinoceronte – disse Luís.

— Na minha terra tem alguns que são brancos como você – sorriu Akim.

— Posso vê-la? – perguntou Jaciara ignorando os comentários do dahomey.

Akim olhou para Luís, Rivera e depois para Jaciara. Pegou a espada e entregou com cuidado nas mãos da indígena. Ela pegou e analisou o objeto. As inscrições. Era uma cimitarra típica dos povos árabes.

— O cabo foi feito bem antes da lâmina – observou Jaciara. – É como se a lâmina fosse adaptada. Mas as duas estão interagindo.

— A maioria dos artefatos dos baluartes é muito antigo – informou Rivera. — Anteriores a muitas civilizações.

Jaciara empunhou a espada com as duas mãos e fechou os olhos. O objeto começou a emitir um som grave, bem baixo. E depois um brilho azulado.

— Essa espada é antiga, sim – disse Jaciara. – Muito mais do que possamos imaginar. Mas ela veio do futuro.

Jaciara deu dois passos para trás, olhou se estavam todos longe o suficiente e desferiu um golpe no ar, de cima para baixo. Foi como se ela tivesse cortado o ar. Uma fenda azulada abriu-se. Todos se levantaram das cadeiras assustados. Até Rivera deu um passo para trás.

— Ela pode abrir portais – disse Jaciara.

— Você fez um buraco no ar? – exclamou Akim.

— Fiz uma fenda na realidade, mas já vai fechar – respondeu a indígena.

De fato. O corte azulado feito no nada foi se fechando devagar até sumir. Jaciara entregou a espada a Akim novamente.

— Quando você souber manipulá-la direito, vai ver que é uma arma muito poderosa – disse Jaciara. – Ela pode ferir até os fantasmas.

— Eu também tenho uma espada – disse Rivera, aproximando-se de Akim e olhando para a cimitarra. – Mas, definitivamente, ela não faz portais. Provavelmente, é por isso que sua mãe conseguia entrar em qualquer fortaleza e escapar de todas as prisões.

Rivera pegou seu amuleto e empunhou como se fosse uma arma.

—Vocês podem perceber que nem todos os nossos amuletos têm o mesmo formato – explicou Rivera. – Mas todos servem de escudo contra magia negra ou maldições. Isso vocês encontrarão no livro dos amuletos, logo na página nove.

Luís impulsivamente procurou um "Livro dos Amuletos" e, para sua surpresa, encontrou. Poderia jurar que se tratava de uma brincadeira de Rivera. E lá estava, na página nove, algumas indicações sobre como usar o amuleto de escudo.

— Já a minha espada – Rivera mostrou uma rapieira parecida com a que Luís usava. — Serve para cortar algumas gargantas de vivos e inflige dor aos mortos. Eles realmente têm medo dela, embora eu não me lembre de ter matado um morto. Ela também não muda de cor como o amuleto ou como a espada de Akim. Já Jaciara veio com dois artefatos na canoa em que seu irmão a trouxe. Ele entregou-a chorando para mim junto com os artefatos. Depois seguiu para o norte. Mas eu a eduquei e criei como se fosse minha filha – Rivera faz uma estranha pausa, como se precisasse respirar. Depois, fez sinal para que Jaciara mostrasse alguma coisa. Como ela também usava uma rapieira, ou florete, como era chamado em alguns lugares, todos imaginaram que não era isso que ela mostraria. E realmente ela mostrou um arco. Colocou uma flecha e mirou numa parte do grande escritório que estava revestida de madeira. Disparou a flecha e cravou-a na madeira. Depois, pegou outra, e outra, e eu, outra. Assim, foi disparando. Com uma mão segurava o arco que era feito de uma madeira clara, e com a outra levava as mãos às costas e pegava a flecha. Depois da décima quinta flecha cravada é que Luís e Akim notaram que havia algo estranho naquilo. Cerraram os olhos e viram que nas costas da jovem não havia nenhum cesto para guardar flechas. Elas apenas apareciam na mão de Jaciara.

— Espera aí... – gritou Akim. — De onde vêm essas flechas?

Jaciara deu um sorriso simples. Sem mostrar os dentes. E depois mirou em outro ponto da parede, uma parte que estava com as rochas nuas. Rochas sólidas de mais de 300 anos do castelo. Disparou uma flecha e ela cravou na pedra como se esta fosse também um pedaço de madeira.

— A gente pode usar isso também? – indagou Luís.

— Eu não sei – Rivera deu de ombros.

— Tente? – Jaciara ofereceu o arco para Luís. – Só lembra de mirar onde não tem gente.

Luís levantou-se e pegou o arco com cuidado das mãos da indígena e virou-se para a parede de madeira.

— Tem certeza de que o lorde Andolini não se importa de fazermos isso? – indagou Luís.

— Vocês não são os primeiros baluartes neste castelo – disse Rivera. – Podem ficar tranquilos.

Luís observou cuidadosamente o arco. Era bonito, adornado com algumas inscrições de uma língua que ele não conhecia. Ao mesmo tempo, era simples, como se fosse muito antigo. Não havia nada nos adornos que não demonstrasse praticidade. Empunhou o arco e levou as mãos para trás, tentando imitar o gesto de Jaciara, mas não apareceu nenhuma flecha. Contudo, o arco ficou com uma cor levemente azulada. Jaciara fez um gesto para que ele lhe desse o arco. Ele deu, ela pegou uma flecha e devolveu o arco, agora com a flecha.

— Talvez leve tempo para você conseguir fazer as flechas – disse Jaciara. – Mas o arco brilhou em suas mãos e ainda cresceu.

— É mesmo? – indagou Luís. — Nem havia percebido.

Colocou a flecha no arco, mirou e disparou. A flecha caiu antes de chegar na parede.

— Creio que precisa praticar, mas o arco gostou de você – disse Jaciara. — Tente também, príncipe de Dahomé.

Akim assentiu com a cabeça e pegou gentilmente o arco. Jaciara já lhe deu com uma flecha também.

— Ele não gostou de mim – disse Akim devolvendo o arco.

— Como assim? – estranhou Luís.

— Sei lá – Ele não foi com a minha cara. Não ficou azul, não cresceu. Outro dia eu tento de novo, se vocês não se importarem.

O Fantasma de Montaodeo

— Tudo bem! – disse Jaciara.
— Que poder minha avó tinha? – indagou Luís.
— Ela era rápida como você – respondeu Rivera. – Mas acredito que este seu florete não é dela. Suas habilidades com a espada vêm da sua agilidade.
— Bom, eu nunca treinei atirar com arcos na vida – informou Luís.
— Jura? – disse Akim irônico.

Lorde Andolini

Rivera teve o cuidado de retirar as flechas de Jaciara da parede antes da entrada do lorde Vitório Andolini. Era um homem forte, com um pequeno bigode e queixo quadrado. Não usava a tradicional peruca branca. Na verdade, parecia vestir-se bem à vontade. Estava em sua casa, afinal, foi o que julgaram os baluartes. Andolini chegou acompanhado de um soldado que vestia uma casaca branca com detalhes em vermelho, as cores da República de Gênova. Era um homem alto e forte. Não usava barba ou peruca. Mas tinha os cabelos muito bem cuidados, o que mostrou assim que retirou o chapéu de três bicos.

— Meus caros baluartes, meu caro amigo Rivera – disse o lorde Andolini. – Quero que saibam que serei muito grato por esta ajuda. Se um dia precisarem de mim, de algo que eu possa fazer por vocês, é só pedir. Este aqui é o meu chefe da guarda, Capitão Morris Martini.

— Caro lorde Andolini – disse Rivera com certa reverência na voz. – Sua família sempre foi nossa aliada. Ajudar o senhor é uma oferta que não podemos recusar de forma alguma.

— Rivera, Rivera – disse Andolini. – Por que me trata com tanta consideração? Isso eu não posso responder. Mas verá que sou um homem que sabe agradecer.

— Eu acredito, Sua Graça, que existe mais que uma história de fantasmas no que vem acontecendo no seu castelo na vila de Montaldeo – disse Luís. – Acredito que há uma pessoa bem viva por trás destes assassinatos.

— Perdoe-me, o senhor deve ser o jovem lusitano, Montecchio, ou Monteiro – disse Andolini. – Rivera nos falou que você é um bom investigador.

— Pois eu garanto que todas as investigações foram feitas da maneira devida – disse asperamente o capitão Martini. – Nós conversamos com cada morador da cidade, cada funcionário.

— É uma honra estar em seu castelo, Lorde Andolini. E eu li os relatórios do capitão Martini – disse Luís. – Achei-os minuciosos. Porém, acredito que alguns detalhes passaram despercebidos.

— E poderia nos dizer quais detalhes foram, garoto? – desafiou Martini visivelmente irritado.

— Posso – disse secamente Luís. – Pelo que li, vocês disseram que o assassino, no, caso, o fantasma, escreveu números aleatórios com o sangue da vítima, como você escreveu: "com o intuito de zombar da Guarda Real".

— Sim – concordou Martini. – Isso é verdade.

— Você não me contou isso na carta que me enviou, Andolini – protestou Rivera em tom de insatisfação. – Um maldito fantasma escreve na parede e você não me diz nada?

— Era apenas um dos detalhes macabros que preferi contar pessoalmente – replicou lorde Andolini.

— Mas é um dos muitos detalhes que estão no relatório – replicou Martini.

— Bom, estes números estão corretos? – perguntou Luís apontando para o relatório na mesa. – O senhor copiou-os fielmente?

— Com certeza – garantiu Martini. – Eu conferi todos.

— Fez um bom trabalho, senhor Martini – elogiou Luís. – Não estou sendo irônico. O fantasma estava querendo deixar um recado.

— Com números? – questionou Martini. – Pois quando o senhor Baresi foi morto, achei que o assassino havia escrito a hora do crime apenas para zombar de nós ou para provar que era impossível detê-lo.

— A parede ao lado da senhora Daniele Massaro foi manchada com a escrita da letra "L" e dos números 21:22 – concordou Luís.

— Depois, foi o pai de Daniele, Senhor Dino – continuou Martini. – E realmente estava escrito H 10:30. Mas depois tudo perdeu o sentido. O padre Pirlo tinha um número que eu não lembro, mas não era um horário.

— Está escrito aqui – disse Luís lendo. – L 26:25, depois temos Materazzi,

S 99:8, sua esposa Daniele, S 94:1, a mãe de Clementina, Senhora Grosso, D 32:35. Del Piero, P 21:3. E por último, Balotelli, E 25:17. Mestre Rivera sabe o que são estes números?

— Sim – confirmou Rivera. – São versículos da Bíblia. Lucas 21:22; Hebreus 10:30; Lucas 26:25; Salmos 99:8; Salmos 94:1; Deuteronômio 32:35; Provérbios 21:3; e Ezequiel 25:17. Conhece algum desses, lorde Andolini?

— Ezequiel 25:17: "E executarei neles grandes vinganças, com castigos de furor, e saberão que eu sou o Senhor, quando eu tiver exercido a minha vingança sobre eles." – disse lorde Andolini. – Devo acreditar que todos os outros mencionam vingança.

— Está correto, Lorde Andolini – disse Luís. – Todos esses versículos falam sobre vingança, e digo mais, nenhum fala contra a vingança.

— Acho que o nosso fantasma está atrás de vingança e, se não estiver, esconde isso muito bem! – disse Rivera com seu costumeiro sarcasmo.

— Mas sempre soubemos que o fantasma quer vingança – disse Martini.

— Querer não é poder – disse Luís. – O que vamos descobrir agora é por que ele pode se vingar agora?

— Certamente algo mudou e nós vamos descobrir – disse Rivera.

— Está dizendo que pode resolver nas próximas horas o que não conseguimos em seis meses? – perguntou Martini com a pele levemente corada e a respiração alterada.

— Certamente que sim – disse Luís.

— Ótimo – ironizou Martini. – A Guarda Real não é mais necessária, já temos jovens arrogantes para fazer nosso trabalho.

— Isso não é necessário, Martini – interrompeu Andolini. – Creio que estamos todos do mesmo lado contra o fantasma. Só precisamos manter a calma. Tomem um pouco de vinho e vamos conversar. Rivera, o que precisa de nós?

— Bom, conte-nos a história desde o princípio? – pediu Rivera.

— A lenda da maldição da freira que chora habita este castelo por quase um século, mas o problema que tenho começou há cerca de um ano, como vocês já devem ter sido informados por meus empregados, eles não sabem guardar segredo. Aliás, a vila toda está apavorada com estas mortes. Vocês leram o relatório do Capitão Martini. Como sabem, foram nove mortes nos últimos seis meses, não foi isso? – indagou Andolini.

— Sim – disse Akim.

— Você deve ser o dahomey que diz ser príncipe – falou Martini levantando a voz. – De certo também tem soluções batendo tambores e invocando seus demônios mouros.

— Não sou mouro e acho que o seu comportamento não está sendo adequado – disse Akim. – O senhor tem sorte de eu ser convidado de lorde Andolini ou lhe ensinaria boas maneiras.

Akim levou a mão à espada e Martini fez o mesmo. Andolini levantou-se e colocou-se entre Martini e Akim.

— Já chega destas provocações, Capitão – disse Andolini asperamente. – Se vai desrespeitar meus convidados, desrespeitará a mim.

— Eu poderia ter resolvido tudo sem a ajuda destes jovens intrometidos – disse Martini.

— Mas não resolveu – gritou Andolini. – Agora, comporte-se.

Martini puxou o ar com força, enchendo os pulmões para acalmar-se.

— Peço desculpas pelo meu comportamento, senhores e milady. – As palavras pareciam sair sinceras da boca de Martini. Seu corpo também assumiu uma postura mais curvada.

— O senhor tem motivos para estar nervoso – disse Akim. – Desculpas aceitas.

— Como eu disse, o seu relatório foi ótimo. Por isso mesmo, acho que posso desvendar este mistério. E vai ser graças ao seu bom trabalho, capitão. Na verdade, já sei o nome, sobrenome e a ocupação de todos os mortos – informou Luís. – Se puder conversar separadamente com cada empregado, acho que posso resolver o caso.

— Calma, Montechio – Rivera fez um gesto com a mão como se pedisse para esperar. — Vamos por etapas. Primeiro, conte-nos sua versão dos fatos, lorde Andolini.

— Tudo começou há exatamente um ano – contou Andolini. – Exatamente aqui dentro do castelo. E todas as vítimas, mesmo as que morreram do lado de fora, lá na aldeia, estiveram no castelo no mesmo dia ou em poucos dias anteriores. O que considero estranho é que, segundo todos os registros, o fantasma nunca havia matado alguém.

— Sabe se as pessoas que morreram têm algum parentesco com Clemente Dória? – indagou Luís.

— O homem que mandou matar Constanza Gentile? – disse Andolini. — Não, ele vendeu o castelo para meu avô e nunca mais voltou para esta região.

— Quem mais morava aqui no castelo? – perguntou Rivera.

— Meu avô teve cinco filhos – informou Andolini. — Mas apenas meu pai e minha tia, Tália, quiseram ficar com o castelo. Os outros preferiram outras posses de meu avô em outros locais. Na verdade, meus outros três tios-avôs foram para a Sicília e lá ficaram.

— Há um local de registros na vila lá embaixo? – perguntou Luís. – Gostaria de conferir a identidade de todos que morreram.

— Mas eu trouxe documentos de todos – mostrou Martini.

— Viu, senhor Montecchio? – disse Rivera. – Já andei tomando providências.

— É verdade – disse Luís. — Vou olhá-los com atenção. Mas, se depois houver a possibilidade de conversar separadamente com os empregados, eu agradeceria. A companhia do Capitão será bem-vinda também.

— Não vejo problema – disse Andolini.

— E de quem era o *grimoire* na biblioteca? – insistiu Luís.

— É uma das coisas de meu avô – disse Adolini. - Ele não era pagão, mas se interessava por livros deste tipo.

— Eu gostaria de olhá-lo agora, se não se importa – disse Luís.

— De certo que sim – disse Andolini. — Acompanham-me?

Andolini apontou para o corredor que dava para a biblioteca.

— O que há de tão importante neste livro, Luís? – indagou Akim. - Você está obcecado por ele.

Enquanto caminhavam, Luís deu um suspiro de impaciência.

— Mestre Rivera, explica para ele? – disse Luís.

— Um *grimoire* é um livro de magia – antecipou Jaciara. - Possivelmente o castelo de seu pai deve ter um.

— Quase todo castelo tem – comentou Andolini, chegando até a porta da biblioteca e abrindo. — É uma mania entre os nobres ter coisas proibidas. Costumam ser mais caras e difíceis de conseguir.

— Conseguir coisas difíceis e proibidas é um sinal de poder entre os nobres – garantiu Akim.

— As relações com as religiões pagãs são estreitas, pecados escondidos. E depois que a Santa Igreja começou a proibi-los, aí, passaram a valer mais.

Luís pegou o livro e pôs-se a folheá-lo com voracidade.

— Você é dono de todas as terras ao redor do castelo e da vila, Lorde Andolini? – indagou Jaciara.

— Sim, são todos meus vassalos – respondeu Lorde Andolini.

— E você ganha alguma coisa com a morte deles? – perguntou diretamente Jaciara. – Ficaria com as terras deles?

— Mas isso é ofensivo – bradou Martini. – Estão acusando lorde Andolini de ser um dos suspeitos.

— Faz parte da investigação não descartar nenhum possível suspeito – disse Luís.

Andolini não pareceu incomodar-se. De fato, parece que viu lógica na argumentação de Luís e respondeu com naturalidade.

— Na verdade, as terras têm desvalorizado – respondeu Andolini sem rodeios. — Ser dono de um castelo mal-assombrado não é bom nem para os negócios e nem para a reputação. Muitos outros lordes têm evitado me convidar para casamentos, por exemplo.

— E o fantasma nunca atacou Vossa Graça? – perguntou Rivera.

— Eu nunca o vi – respondeu Andolini coçando o bigode. – Mas chegou o momento em que resolvi que estavam havendo mortes. Um dos funcionários morreu no meu quarto. – Andolini fez uma pausa e começou a tremer, sua face branca começou a ficar corada em uma expressão de puro ódio. – No meu quarto, onde minha esposa dorme! Aonde meus filhos vêm e brincam com seus brinquedos. Em minha casa! Achei que já era hora de tomar uma providência.

— O fato é o seguinte – disse Luís após olhar a ficha das vítimas. — Eu já li alguns *grimoires* em Pavia. Lembro de ter visto mais de um parecido com o que existe neste castelo. Trata-se do Livro dos Mortos. Um dos encantamentos ensina a invocar fantasmas para obrigá-los a fazer coisas por você, como matar. Tentei procurar o feitiço em seu livro ontem, mas simplesmente não encontrei. Mas descobri que uma página foi arrancada. O que preciso saber é quais funcionários da casa tinham acesso à biblioteca?

— Bom, eu não restringia a biblioteca e nem fazia registro de quem a usava – disse Andolini. — Meus filhos usavam-na sempre quando estavam aqui.

— O senhor Pentangeli disse que as primeiras mortes foram aqui no castelo, mas depois começaram a ocorrer na cidade, isso está correto? – continuou Luís.

— Sim – disse Andolini. — Depois das primeiras mortes, mandei meus filhos e minha esposa para longe. E os funcionários passaram a não ficar aqui até depois do anoitecer.

— Devo presumir que, depois que os funcionários foram para a cidade, os crimes também foram? – indagou Luís.

— Isto está correto – confirmou Martini.

— Ontem não havia nenhum funcionário aqui no castelo – disse Akim. – Mas o fantasma estava.

— Alguém de posse da página pode ter ficado aqui ontem – disse Luís. – Este lugar é tão grande que fica fácil esconder-se.

— O que fazemos então, senhor Montechio? – perguntou Andolini.

— Sua Graça, sugiro que os funcionários fiquem todos no castelo hoje – disse Luís. – Vamos resolver esta questão de vez.

— Como vou impedi-los de ir embora? – indagou Andolini. – Temos um acordo.

— Eu só sei que o fantasma nos atacou ontem e vai atacar hoje de novo – disse Luís. – Isso tem que ser resolvido hoje, esta noite.

— Luís está certo – disse Jaciara. — Este fantasma não está atrás de vingança. Eu posso sentir. Ele está obedecendo às ordens de alguém.

— Capitão Martini, seria possível mandar chamar a guarda do castelo de volta? – indagou Rivera.

— Já estão comigo no palácio – respondeu Martini. – Temos dois regimentos que se revezam na cidade.

— Quantos soldados? – indagou Rivera.

— Temos vinte aqui no castelo e dez na cidade – informou Martini. – Mas o fantasma não vai se intimidar com soldados. Não o fez antes e acredito que não o fará agora.

— Mas a pessoa que controla o fantasma, essa sim pode ser presa por soldados – disse Luís.

— Lorde Andolini – disse Rivera com um tom solene e respeitoso. – Devo insistir então que mantenha seus empregados aqui esta noite. E devo pedir que um grupo de pelo menos dez soldados também fique. Vossa Graça pediu nossa ajuda. Pediu uma solução. Esta é a solução. Peço que os soldados do Capitão Martini também estejam conosco.

Lorde Andolini balançou a cabeça lentamente e coçou o bigode. Depois, levantou-se e foi até a janela. O sol ainda brilhava no alto. As árvores da floresta dançando ao vento.

— Rivera, Rivera, meu caro amigo – disse Andolini. – Se é o que pede, será feito.

Mary

O resto do dia foi uma confusão entre resistir aos protestos dos funcionários que queriam deixar o castelo e conversar separadamente com os próprios. Luís e o capitão Martini acabaram conseguindo um entrosamento, ainda que ninguém pudesse chamá-los de amigos propriamente ditos.

Mozart entreteve a todos tocando piano e fez amizade com a camareira-chefe, Alexandra Osvetnički, que era também austríaca. Cartwright passou horas conversando com sua compatriota, Mary. Estavam tomando chá na cozinha quando Akim e Jaciara chegaram. A tarde estava acabando e o sol ameaçava esconder-se atrás dos morros. Um sentimento de apreensão pairava no ar, como se estivessem próximos a uma grande batalha de uma guerra que se mostrava sobrenatural para eles.

— Mas o problema é justamente este – disse Akim para Jaciara enquanto os dois entravam na cozinha. – Se Luís tem um plano, não me contou. Mas Rivera confia nele.

— Vocês enfrentaram o fantasma ontem à noite sozinhos e foram bem – disse Jaciara.

— Minha preocupação é com os nossos convidados. – Akim apontou para Cartwright e Mary na mesa. — Eles não têm a proteção que nós temos, nem as armas. Pergunto-me se não é melhor mandá-los para a vila.

— Quanto mais estivermos todos juntos, melhor – disse Jaciara.

Akim suspirou e acenou a cabeça concordando.

— Aceitam chá? – perguntou Cartwright.

— Vocês estão muito tensos – completou Mary.

— Eles têm razão – afirmou Jaciara, sentando-se à grande mesa. – Chá inglês, não é? Estive na sua ilha.

Mary preparou gentilmente o chá para Jaciara e serviu-a. Rapidamente veio um dos lacaios, Barzini, e tratou de trazer mais frutas e pão para a mesa.

— Podemos ajudar em mais alguma coisa, Alteza? – perguntou para Akim e depois virou-se para Mary, pedindo desculpas por não ter servido Jaciara. Ofereceu um monte de coisas e a indígena aceitou um copo d'água.

— Já dissemos que somos pessoas simples – disse Mary com um sorriso.

— A função deles é nos servir – disse Akim. – É assim que funcionam as coisas para a nobreza. Eles ficam gratos em ser úteis. Não é senhor Barzini? Espero que não entenda errado a senhorita Wollstonescraft.

— De forma alguma, Alteza – disse Barzini.

— Eu trabalhei como governanta até três meses atrás, senhor Barzini – disse Mary. —Desculpe-me se o constrangi. Minha família era rica, mas perdemos tudo. E tive que trabalhar. Não me envergonho disso. Na verdade, acho muito nobre o seu trabalho. Só que, às vezes, acho estranho voltar a ser servida.

— O senhor Conti e a senhora Dornellas provavelmente estão atentos aos seus serviços – disse Akim. – Mas eu já falei com ambos que os serviçais hoje somos nós. Estamos aqui apenas para cuidar de vocês e resolver esta questão do castelo e de seu fantasma. E por acaso, sim, eu quero uma coxa de frango suculenta.

— Será providenciado, Alteza – disse Barzini, retirando-se e sendo substituído por Pentangeli quase que imediatamente.

— Você vai fazer voto de pobreza como Rivera? – brincou Cartwright.

— Eu pretendo, quando chegar ao Novo Mundo, não contar sobre essa coisa de príncipe – riu-se Akim. — Embora tenha medo de ser confundido com os escravos que meu próprio pai vende para as Américas.

— Seu pai vende escravos? – indagou Jaciara.

— Na verdade não, mas parte da riqueza do meu reino, ou melhor, do reino de meu pai, vem da venda de escravos – disse Akim.

— Isso não é bom – comentou Jaciara.

— A escravidão não é uma coisa boa – concordou Cartwright.

— Não foi nesse sentido que quis dizer – disse Jaciara. – Tem a ver com algo que conversamos com Rivera.

— Você pode ver o futuro, não é? – perguntou Akim.

— Ela pode ver o futuro? – perguntaram Mary e James ao mesmo tempo.

— Não é tão simples – disse Jaciara. –Estou tentando controlar isso. Às vezes, é tão forte que não consigo respirar. Às vezes, é como se eu estivesse no futuro e tudo faz sentido. Depois eu volto e é como acordar de um sonho. Não lembro de muita coisa.

— Deve ser difícil lidar com isso, querida – disse Mary, tocando a mão de Jaciara com a sua. Essa ação fez com que a indígena derramasse a água do copo que estava bebendo. Mary desculpou-se.

— O que houve? – Akim apressou-se em direção à indígena, mas ela o deteve com um gesto.

— Está tudo bem – disse Jaciara juntando os ombros. – É que às vezes isso acontece também.

— Isso o quê? – perguntou James Cartwright.

— Eu toco nas pessoas e vejo o futuro delas – respondeu a indígena. — Vejo várias coisas. O passado, o presente e o futuro, tudo de uma vez só.

— Você fez uma cara... – disse Akim.

— Você viu o meu futuro? – perguntou Mary.

Jaciara bebeu toda a água no copo de cristal e olhou para Mary de forma indecifrável.

— Você luta pelo direito das mulheres – disse Jaciara. – Eu sempre aprendo coisas novas neste continente.

— É verdade – disse Mary. – Como você vê nosso futuro? Digo, o futuro das mulheres. Consegue ver alguma coisa?

— Nunca parei para pensar nisso – disse a indígena. – Na minha tribo, as coisas eram divididas. Quando vim para cá, vi que era mais difícil ser mulher aqui do que lá. Rivera me advertia sobre as leis. Há leis que punem mulheres, mas dizem que as protegem.

— Viu isso no futuro? – perguntou Akim.

— Estou falando dos dias de hoje – disse Jaciara secamente. — Mas os livros que você está escrevendo serão famosos e inspirarão muita gente.

Mary sorriu e balançou sua xícara de chá como se esta fosse uma criança em uma gangorra.

— Pode me dizer mais? – A inglesa abriu um sorriso largo. – Por favor? Quando vamos ter direitos iguais?

— A luta vai continuar por uns quinhentos anos ainda – disse Jaciara com seu falar sonolento. – Mas seus livros vão ajudar. E ajudarão não apenas as mulheres, mas também homens como o senhor Cartwright e o Luís, a poder expressar publicamente o que sentem.

— Isso é legal! – Mary estava extasiada. – Pode me contar mais?

— Expressar o quê? – Cartwright ficou pálido.

Jaciara olhou para os lados e depois engoliu em seco.

— Nada. Eu não falei nada. Tente não esperar resultados a curto prazo, lady Wollstonecraft – disse Jaciara.

— Me chame de Mary, por favor. Mas me fale de você? – perguntou Mary. – Rivera disse que a educou como se educam os meninos nobres. Ensinou idiomas, ciências, um monte de coisas.

— É verdade – disse Jaciara secamente.

— Que sentimentos são esses que você falou? – insistiu Cartwright.

— Então, eu acho que todas as pessoas deveriam ser educadas assim, como você foi – afirmou Mary propositadamente, tentando desviar o assunto. – Principalmente as mulheres. Não deveriam ser educadas apenas para serem boas esposas.

— Coloca isso no seu livro – disse Jaciara, levantando-se. – Eu preciso ajudar Luís agora.

Assim, a indígena retirou-se da sala deixando os presentes sem jeito.

— Pelo que entendi – disse Akim. – O jeito dela é assim mesmo. Acho que temia que a gente começasse a perguntar sobre o futuro e a transformasse em uma atração de circo. Eu sei como é isso. E James, não se preocupe com estes sentimentos que ela mencionou. Você está entre amigos. Salvou minha vida, lembra?

— Sim, senhor Cartwright — Mary colocou a mão sobre a de Cartwright. – Está entre amigos.

Cartwright soltou lentamente o ar dos pulmões e sua pele foi de pálida ao tom avermelhado de sempre, mas não quis falar sobre o assunto. Limitou-se a sorrir.

O Fantasma de Montaodeo

A tragédia de Totti

O sol ainda brilhava no céu generoso daquele dia quando Akim treinava sozinho com sua espada em um pomar no castelo, perto de onde ficavam os cavalos. Fazia exercícios com o presente dado por sua mãe até que o suor acumulado o obrigasse a pedir o cavalariço, Amerigo Bonasera, para conseguir um pouco de água para refrescar-se em uma fonte que jorrava graciosamente no meio do pátio. Eram os últimos dias de maio e o calor estava mais presente naquela região. O dahomey acariciou um dos cavalos. Era um garanhão italiano. Europeus preferiam os cavalos machos, diferente do exército de seu pai que preferia as éguas. Akim acariciou o pescoço musculoso do animal, principal característica que o diferenciava das éguas e outros cavalos castrados.

— Ele gosta de você – disse Bonasera. – Você tem jeito com cavalos.

— Estou acostumado com eles – disse Akim. – Acho que eles me entendem.

Bonasera levou Akim até um cavalo totalmente negro, com ar imponente.

— Este aqui é o preferido de lorde Andolini, o nome dele é Trovoada.

— Olá, Trovoada – disse Akim acariciando o garanhão no pescoço. – Você tem uma vida feliz, não é? Comer, dormir e fazer outros cavalinhos de raça. Ninguém para lhe dizer que você precisa ficar longe dos seus irmãos, ir para terras desconhecidas onde ninguém nunca viu um cavalo preto solto e livre. Eu o invejo.

— Eu trato dele todo dia – disse Bonasera. – Posso garantir que ele tem a melhor comida, escovo seus pelos diariamente e saímos para passear no pátio também, para ele manter a forma.

— Viu, Trovoada – continuou Akim, conversando com o cavalo como se este pudesse entendê-lo. – Sem cobranças, sem responsabilidades. Só comer e dormir.

— Alteza, posso fazer uma pergunta? – interrompeu Bonasera.

— Com essa são duas, mas pode, sim, meu caro.

— Lorde Andolini falou que Vossa Alteza e seus amigos podem tirar esta assombração que infesta o castelo. Isso é verdade? – Bonasera parecia preocupado.

Akim suspirou e olhou para Bonasera por alguns instantes. Depois, olhou de novo para o cavalo que voltou a acariciar enquanto pensava.

— Bonasera, Bonasera... – disse Akim pensativo. – Acredito que sim. É por isso que estamos aqui. Mas não vai ser fácil.

— Eu acredito que existem fantasmas em toda parte – comentou Bonasera. – O que os fazem nos deixar em paz ou simplesmente serem maus é o lugar, a energia que as pessoas do lugar deixam nele.

— Por que diz isso? – Akim parou de acariciar o cavalo e olhou para o tratador com um olho aberto e outro fechado, o cenho franzido.

— As pessoas daqui tinham uma energia negativa – continuou Bonasera. – O lorde é um bom senhor. Mas eu trabalho aqui há mais de trinta anos. Nem todas as pessoas aqui são boas. Acho que, às vezes, as pessoas da vila são muito cruéis. Vivem se metendo na vida dos outros, vigiando. Muitas vezes, eu já quis sair daqui. Ir para o Novo Mundo talvez. Mas estou velho demais.

— Você sabe de algum caso grave? – indagou Akim. – Algo que aconteceu de ruim no passado?

— Desde os tempos remotos – disse Bonasera. – Durante o século XV, o próprio povo de Montaldeo atacou e matou os membros da família Dória, culpados de tirania e abuso de poder. Nas zonas subterrâneas do castelo há um labirinto. É cheio de prisões e instrumentos de tortura. Lorde Andolini não se livra deles porque acredita que isso intimida possíveis manifestos em prol da monarquia. Acho que, na verdade, ele não quer mexer com aquilo.

— Entendo – disse Akim. – Mas você está falando de coisas que aconteceram séculos atrás. Por que acha que as pessoas continuam más? Digo, é comum em cidades pequenas que as pessoas acabem brigando demais. Todo mundo acaba virando parente de uma forma ou de outra. Famílias adoram brigar entre si.

— É verdade - acenou Bonasera, dando uma espiga de milho para Trovoada comer. - Mas houve um caso que não me sai da cabeça. O do senhor Totti, o antigo jardineiro.

— O que houve?

— Luca Totti era um bom homem, de grande coração, cuidava bem do jardim, apesar de ser manco - contou Bonasera enquanto pegava uma escova para o cavalo. — Ele usava uma bengala. Alguns funcionários riam dele.

— Isso foi há quanto tempo? - perguntou Akim.

— Ele morreu tem mais ou menos vinte anos - respondeu Bonasera. - Trabalhou aqui por dez anos. Mas aí, um dia descobriram que ele era descendente de judeus. Seus pais vieram para cá fugindo da Inquisição. Ele mudou o nome. Eu realmente não sei qual era seu nome verdadeiro. Para mim, sempre será Totti.

— Mas ele foi mandado embora? - perguntou Akim, que aproveitou a conversa para enxugar-se com uma toalha, passar um pouco de perfume e começar a vestir sua roupa.

— Não. - Bonasera balançou a cabeça e começou a escovar o cavalo enquanto falava. — Mas todos começaram a perseguir ele e sua família. Tinha três filhos e esposa. Veja bem, a Inquisição não tem poderes aqui em Gênova. E lorde Andolini era bem tolerante. Sua amizade com o Papa lhe trazia benefícios. Mas o povo da cidade, os empregados do castelo, começaram a pressioná-lo. Chamavam-no de aleijado. O administrador da época, Alessandro Del Piero, diminuiu seu salário e passou a lhe dar mais tarefas. Um dia, falei com ele, falei com o senhor Alessandro que aquilo não era certo. Mas ele me chamou de amigo dos judeus e me ameaçou de demissão.

— E o que aconteceu depois disso? - indagou Akim, colocando o casaco.

Bonasera parou de escovar o cavalo e olhou para Akim com os olhos marejados. Demorou para conseguir falar. Escovava o animal, parava, tentava falar e não conseguia.

— Totti se matou com um punhal dentro da biblioteca - disse finalmente Bonasera em prantos. - Todos se sentiram culpados, mesmo o lorde

Andolini. Ele deu um dinheiro para a esposa, pagou pelo enterro... Bom, a esposa e os filhos foram para o Leste. Lorde Andolini pediu que ficassem, ofereceu uma casa de sua propriedade de graça, mas eles se foram.

— O senhor Monteiro sabe desta história? - indagou Akim.

— Eu não sei - disse Bonasera. - Eu não contei. Simplesmente não consegui. Pensei que lorde Andolini fosse contar, e provavelmente contou.

— De qualquer forma, eu vou contar antes que... - Akim parou e levantou uma das mãos. - Está ouvindo um choro de mulher?

— Jesus, Maria, José, será o fantasma? - exclamou Bonasera.

Realmente havia nitidamente um choro sentido, claramente feminino, que podia ser ouvido perto deles. Bonasera ficou arrepiado e depois sua pele passou de corada para branca quando o pavor percorreu sua espinha.

Akim desembainhou a espada e tentou aguçar os sentidos que Rivera e sua mãe insistiam que ele possuía. Mas não sentiu nenhuma presença maligna, para seu desespero e irritação.

— Por que choras antes de matar as pessoas, criatura demoníaca? - bradou Akim ao perceber que o choro vinha de uma porta que dava para o interior do castelo.

— Sou eu quem estou chorando, príncipe dos burros - disse uma voz vinda lá de dentro.

— Mary? - indagou Akim.

Finalmente a inglesa saiu das sombras.

— Sou eu quem estava chorando ali no canto - disse Mary enxugando as lágrimas. - E não sou nenhum fantasma. Ao menos por enquanto.

— Mas o que houve? - Akim guardou a espada enquanto Mary abraçou-o. Depois, começou a chorar novamente em seu peito. Akim pegou um lenço no bolso do casaco e deu para a amiga. Mary chorou longamente. Como bom cavalariço, Bonasera pediu licença e retirou-se, acreditando que o casal precisava de privacidade de alguma forma.

— Venha aqui - disse Akim, puxando Mary para a fonte. Depois, a fez beber água e passou um pano limpo no rosto da inglesa, que ajeitou finalmente os cabelos ruivos. - Por que você estava... está chorando?

Mary beijou Akim nos lábios com força; o dahomey arregalou os olhos num primeiro momento, mas retribuiu o beijo. Sentiu o calor da respiração dela, os olhos estavam quentes ainda pelas lágrimas. Akim segurou a nuca, entrelaçando suas mãos nos cabelos ruivos. Ela apertava seu bíceps como se fosse uma criança com um brinquedo novo. Ficaram naquilo por tempo indeterminado até que ela resolveu falar.

—Desculpe-me.

— Não precisa desculpar-se por isso, Lady Mary – sorriu Akim. – Pode fazer isso sempre que quiser. Não precisa nem pedir permissão.

—Desculpe por chorar – especificou Mary. – A senhora Dornellas me contou sobre a tragédia do senhor Totti. Disse como ele era um pai amoroso. Os filhos eram tudo para ele. Como todos caçoaram dele, o humilharam até que ele não resistisse mais, eu saí de perto daquilo tudo e vim para cá. Quando cheguei, não pude evitar de ouvir a conversa de vocês. Neste momento, acho que explodi. Lembrei de mim mesma. Como eu queria ter um pai amoroso, que cuidasse de mim, de minha mãe e de meus irmãos. Sonhava que, em algum lugar, meu verdadeiro pai estava me esperando. Não aquele vilão que batia em minha mãe todos os dias. Eu dormia na porta do quarto da minha mãe para que ele não batesse nela.

— Espera – disse Akim. – Você está indo rápido demais.

— Mas eu só lhe dei um beijo, Akim – riu-se Mary. – Terá que demonstrar que merece se quiser mais que isso.

— Não é a isso que eu me referia, sua inglesa maluca. – Akim fez sua cara de indignado com o cenho franzido, um olho aberto e outro fechado. — Falei para me contar sua história com calma. Eu entendi que ouvir a história do falecido senhor Totti despertou sentimentos tristes em você. Mas queria ouvir mais sua história, só isso. Tudo bem que estou interessado neste algo mais também, mas não vem ao caso – riu-se.

— Minha família, os Wollstonecrafts, era uma das famílias nobres de Spitalfields, em Londres – contou Mary. — Mas meu pai foi perdendo dinheiro e ficamos pobres. Ele começou a beber e passou a bater na minha mãe. Eu tenho dois irmãos menores. Lembro de como meu pai era antes da bebida, antes de transformar-se naquele monstro. É como se algum demônio tivesse levado a alma dele. Eu não o reconhecia mais. Às vezes, me pego pensando nas decisões que ele tomou que o levaram à falência. Como a vida conspirou para transformá-lo naquilo. E se ele teria outras escolhas. Quando ouvi a história do senhor Totti, principalmente sobre o carinho que ele continuou dando aos filhos, mantendo-se sorridente, otimista, não quis agredir ninguém, não quis descontar em ninguém... A senhora Dornellas disse que, com o tempo, a própria esposa ameaçou deixá-lo e aí ele se matou.

— Realmente é uma coisa difícil de enfrentar – comentou Akim. – Ainda mais sozinho. Lembro que meu pai dizia que jamais seria nada sem minha mãe. Quando ela morreu, ele passou um bom tempo bêbado. Meu irmão mais velho tomou para si algumas responsabilidades até meu pai recuperar-se. Se é que nós algum dia nos recuperamos quando minha mãe morreu.

— Eu sinto por sua mãe, Akim – disse Mary, acariciando novamente o braço do dahomey. Beijaram-se por mais minutos, sem perceber o tempo passar, até que finalmente Mary voltou a sorrir. — Sabe o que é engraçado?

— O que seria?

— Que provavelmente nada disso tem a ver com este maldito fantasma – riu-se Mary. - Isso ocorreu há mais de quinze anos, pelo que sei. O fantasma só começou a atacar de um ano para cá, acho que seis meses, se não me engano.

— Ou seja, é apenas mais uma história de Montaldeo – disse Akim. – Apenas mais uma história triste.

— Por que me beijou, príncipe Akim? – indagou Mary.

— Foi você quem me beijou – defendeu-se Akim. – Acho que é coisa de inglês. Vocês são todos doidos, querendo dominar o mundo.

— Você gostou? – indagou a inglesa.

— Adorei – disse Akim. – Gostaria de um pouco mais, se possível.

— Pede meus beijos como quem pede mais creme de leite no chá – riu-se Mary.

— Como devo fazer para...

Mary beijou-o novamente e assim os dois ficaram em silêncio ao lado da fonte do Castelo de Montaldeo enquanto o sol escondia-se atrás das montanhas e a noite anunciava sua chegada.

O Fantasma de Montaodeo

O confronto final

Com a ajuda de Cartwright, Rivera, Luís e o Capitão Martini passaram o dia conversando com os empregados e examinando fichas e documentos. Jaciara dedicou-se a ler o *grimoire* para tentar confirmar a teoria de Luís. Mozart, por sua vez, tratou de deixar o clima da casa mais leve com suas músicas. Até a senhora Dornellas, normalmente carrancuda, arriscou uns passos de dança ao lado do piano, mesmo sabendo do risco que corria ao ser obrigada a passar a noite no castelo. Mas o fato é que ela, tanto quanto os outros empregados, queria dar um basta naquele mistério. Quando a noite finalmente derramou seu cobertor de estrelas sobre Montaldeo, todas as velas do castelo foram acesas pelos empregados temerosos de ficar no local. Luís reuniu todos no salão de festas, que era mais amplo, e subiu para a biblioteca para buscar Jaciara.

— Só falta você, *chérie*! – Disse Luís para, logo depois, ficar pensativo.

— O que foi? – indagou Jaciara.

— Me conta de novo por que você escolheu usar o nome Jaciara?

As chamas de um castiçal próximo dançavam fazendo com que as luzes que emitiam formigassem nos rostos dos dois jovens.

— Rivera disse para eu escolher um segundo nome, porque o mago assassino estava atrás de mim e perguntaria pelo meu nome. Eu tinha que ficar disfarçada.

— Mas Jaciara é um nome indígena do mesmo jeito – replicou Luís.

— Mas não é Utacá – respondeu Jaciara. – Se eu escolhesse Ana, Isabela ou Joana, todo mundo comentaria da Joana com cara de índia. Há muitos tupis trazidos para Portugal, achamos que isso confundiria o mago.

— Faz sentido – respondeu Luís pensativo.

— Jaciara era o nome da filha do capitão do navio que nos trouxe para a Europa – comentou Jaciara fechando o livro. – Achei bonito. É tupi. Quer dizer altar da Lua. E eu gosto da Lua. Mas me diga, qual o seu plano?

— É o mesmo que lhe falei antes – disse Luís.

— Você me falou que ia ler as fichas e cruzar algumas informações para saber quem teria motivos para querer matar essas pessoas...

— Só que não encontrei nada – Luís deu de ombros. – Revi as fichas de todos os empregados. Quando foram contratados. Seus antecedentes, onde moraram antes de vir para cá. Mas a maioria nasceu aqui e seus pais também nasceram aqui. E aí, preciso de você para um plano B.

— E o que seria este plano B? – indagou a brasileira.

— Você pode ver o futuro de algumas pessoas quando toca nelas – disse Luís. – Então, eu já reuni todos no salão e é só você tocar neles e ver quem no futuro vai estar na cadeia que...

— Que plano mais idiota! – gritou Jaciara. – Nem sempre eu consigo ver o futuro e o ele está sempre em movimento, apesar do que o cara da língua falou.

— Que cara da língua? – indagou Luís franzindo a testa.

— É um cara do futuro que diz que o tempo é como um rio congelado – respondeu Jaciara. – Ele fica mostrando a língua assim!

Jaciara botou a língua para fora numa careta e depois voltou a sua expressão normal.

— Por que você faz sempre essa cara *blasé*? – indagou Luís.

— O que é *blasé*? – perguntou Jaciara. – É francês também?

— É, *chérie* – respondeu Luís. – Significa um ar indiferente a tudo. Como se não importasse.

— Ah, entendi. Rivera chama de cara de chinês sábio – disse Jaciara.

Luís podia jurar que ela se ria por dentro.

— Bom, estou sem planos melhores – suspirou Luís. – Conversamos com todos os empregados e nenhum tem nada de estranho na ficha. Suspeito que o capitão Martini tem algo para esconder, mas acho que não tem nada a ver com o fantasma.

— Ele é agressivo com você porque se sente ameaçado, Luís - disse Jaciara. - Você pode mostrar que ele é incompetente e isso faz as pessoas atacarem outras pessoas.

— Também acho isso – concordou Luís. - E a única coisa fora do comum que me contaram foi a tragédia do jardineiro, o senhor Totti. Eu cheguei a pensar que um parente pudesse estar manipulando o fantasma em busca de vingança, mas ele morreu tem muitos anos e a família mudou-se daqui faz também muito tempo.

— Não achou nenhum empregado com sobrenome "Totti" na documentação do lorde Andolini? - indagou Jaciara.

— Ora, se houvesse eu veria... - Luís prendeu a respiração. - Eu vi. Estava ali na minha cara. Só que me contaram a história depois que eu já tinha lido os documentos todos.

— Você viu? - insistiu Jaciara. - Onde?

— Não nos documentos de contratação - disse Luís com o rosto pálido. - Como pude ser tão estúpido?

Luís apontou para o livro que os empregados assinam para ler na biblioteca. Ele e Jaciara correram para o livro que ficava na entrada.

— Aproxime a luz aqui – pediu Luís, fazendo Jaciara aproximar e inclinar o candelabro pesado que carregava. Algumas gotas de cera pingaram das velas para o chão, quase atingindo o livro. - Com cuidado. - Acrescentou Luís.

— Tem poucos nomes de empregados - observou Jaciara. - Provavelmente poucos sabem ler.

— Sim, foi por isso que me chamou a atenção - disse Luís.

Na página que estava aberta, Luís Vaz Monteiro era o último nome escrito.

— Você assinou para ler o *grimoire* mesmo sem empregados na casa - disse Jaciara zombando de como Luís levava a sério seguir as regras. - E ainda colocou a data. Só não colocou o livro porque leu o *grimoire* aqui dentro.

— Olha quem assinou cinco vezes antes de mim e também não colocou o nome do livro que leu - apontou Luís.

Em cima do nome de Luís, havia muitos Andolinis que assinaram, provavelmente os filhos, a esposa, o próprio Andolini, mas o nome que mais aparecia era Alexandra Osvetnički.

— Quem é Alexandra Osvetnički? - perguntou Jaciara.

— A camareira-chefe - respondeu Luís. - Ela veio há pouco tempo dos Balcãs. Mais ou menos cinco anos.

Luís continuou a folhear o livro grande. Os nomes de Francesco Antonio Conti e Luciana Mancini Dornellas apareciam com certa frequência, mas Alexandra Osvetnički aparecia mais.

— Isso só prova que ela gosta de ler muito e gosta de ler aqui - Jaciara deu de ombros.

— Você acabou de me falar que escolheu o nome Jaciara porque era indígena, tinha a ver com altar da Lua porque você gosta da Lua, não foi? - indagou Luís sem parar de folhear o livro.

— Sim, é verdade - assentiu Jaciara.

— Osvetnički, na língua dos Balcãs, mais precisamente dos croatas, significa vingadora. Coincidência? Acho que não - disse Luís.

— Já me convenceu, mas por que continua procurando coisas neste livro? - perguntou Jaciara já cansada de segurar o castiçal.

— Preciso de mais evidências - disse Luís. - Se você fosse se vingar, ou punir alguém, não ia querer que o punido soubesse quem você é?

— Ele deixou salmos bíblicos falando sobre vingança e sabemos que seu nome é praticamente "Vingadora", o que mais precisamos saber? - perguntou Jaciara.

— Isso daqui! - Luís apontou para o livro em uma linha específica da página.

Jaciara aproximou-se e viu, na data de julho de 1776, três anos atrás, uma assinatura de Alexandra Totti, ao invés de Osvetnički.

— Ela assinou com o sobrenome do jardineiro - disse Jaciara. - Ela provavelmente é uma das filhas dele.

— A senhora Dornellas falou das pessoas que humilharam Luca Totti, principalmente Alessandro Del Piero, que diminuiu seu salário. Foi o que mais sofreu. - Luís estava com pensamentos conflitantes.

— Então, ao menos o fantasma estava em uma vingança justa - disse Jaciara.

— Matar pessoas assim nunca é justo, *chérie* - disse Luís observando o rosto da indígena com o castiçal. — Estas pessoas foram responsáveis indiretamente pela morte de Luca Totti, mas não queriam matá-lo.

— Só humilhá-lo eternamente por ele ser manco e judeu – concluiu Jaciara.

— Está dizendo que não vamos prender a senhorita Alexandra? – perguntou Luís. – O que sugere que façamos? Apenas vamos tomar o papel do *grimoire* dela, dar uma palmadinha na mão e dizer que não faça de novo? E quanto ao padre que o fantasma matou? E o guarda que veio investigar? Eles eram culpados também?

— Tudo bem, você tem razão – suspirou Jaciara.

— E acredito que os fatos ocorridos antes devem pesar no julgamento. Talvez atenuar a pena. Estamos em uma república, afinal. Eles têm leis sérias por aqui. Como no Novo Mundo — divagou Luís.

— Ela é uma mulher, Luís – Jaciara não segurou a risada. — Esqueceu do que Mary disse? Ela vai ser enforcada de qualquer maneira. E você se refere à colônia inglesa cheia de cristãos puritanos que declarou independência três anos atrás? – Jaciara deu uma risada. – Conheço as boas intenções do Novo Mundo. Era minha terra antes de vocês a invadirem. Tudo o que fazem é pegar ouro e matar indígenas. Mas não quero entrar neste assunto agora.

— Tudo bem, entendi seu ponto – disse Luís. – Só estou dizendo que não tenho motivos para odiar a senhorita Alexandra Totti...

— Achei vocês! - gritou Cartwright. – Estão todos lá embaixo esperando a sua grande resolução do mistério.

— Já está resolvido, meu caro James – disse Luís com um ar propositadamente provocador.

— Ele diz a verdade, apesar desta cara de bobo – concordou Jaciara.

— Sério? – indagou Cartwright. – Pois, então, vamos voltar logo para o salão. A camareira-chefe já tinha vindo aqui procurar vocês e não voltou.

— Como é que é? – Jaciara fez uma careta estranha.

— Quer dizer que Alexandra Osvetnički não está lá embaixo? – indagou Luís.

— Não, ela veio para cá, mas não voltou – disse Cartwright.

— Ela deve estar aqui na biblioteca – disse Luís quase sussurrando. – James, vá chamar Rivera e Akim agora.

— Não precisa falar duas vezes...

James Cartwright não conseguiu terminar a frase. Ao invés disso, urrou de dor e sua boca abriu para gritar, mas o grito foi silencioso. Seus dentes estavam vermelhos, muito mais vermelhos que seus cabelos jamais foram.

E sangue escorreu de sua boca. Instintivamente, levou as duas mãos ao peito, de onde surgiu um brilho metálico. Um grito feminino medonho ecoou pela biblioteca. O brilho metálico foi tomando forma de uma lâmina. Uma adaga inteira atravessou o coração de James Cartwright e saiu pelo seu tórax. A adaga seguiu em frente como se flutuasse, segurada por uma névoa negra com aspecto pegajoso. A nevoa também atravessou o corpo de Cartwright, que caiu de joelhos. Seus olhos ficaram escuros e ele finalmente tombou para trás sem vida.

Um novo grito assustador e a nuvem negra tomou conta da sala e, aos poucos, foi tomando a forma da freira. Ela flutuava com uma adaga nas mãos, soltando gritos pavorosos de gelar qualquer coração.

Luís ainda estava em estado de choque quando o monstro avançou para ele como uma ave de rapina, a adaga em punho. Ele tentou desembainhar a espada, mas já era tarde. O fantasma apunhalou Luís com a adaga diretamente no coração. Desta vez, entretanto, um brilho azulado fez o fantasma gritar. Ouviu-se um som metálico e a adaga caiu no chão e a freira desfez-se como se fosse uma cachoeira de óleo negro batendo em uma pedra e dando esguichos para todos os lados, desviando de Luís. O amuleto protegera-o novamente do fantasma e, mais uma vez, desarmara a freira monstruosa.

Quando a gosma negra começou a recompor-se novamente, foi a vez de Jaciara romper sua perplexidade diante do choque e disparar várias flechas em direção ao fantasma. O monstro, que já estava atordoado com a proteção que Luís demonstrara possuir, espantou-se ao ver que as flechas lançadas pela indígena conseguiam feri-lo. Um fluido negro jorrava para o chão. Não teve outra saída a não ser voar para o outro lado da biblioteca. Mesmo assim, conseguiu fazer uma série de manobras como se fosse um pássaro negro e pegar de volta a adaga que havia caído no chão.

Luís continuava em choque. Foi se arrastando até o corpo de James Cartwright e tentou colocá-lo em seu colo.

— James? – A voz de Luís saiu esganiçada entre um jorro de lágrimas. – Por favor, não me deixe agora.

A batalha entre Jaciara e o fantasma continuava feroz. Toda vez que a indígena conseguia atingir ao menos parte de sua forma com uma flecha, a criatura parecia sentir dor e derramar parte de seu corpo viscoso no chão.

Mas o monstro parecia cada vez menos intimidado. A freira agigantou suas mãos e conseguiu segurar e prender a indígena. Tentou tirar o amuleto de Jaciara sem sucesso. Mesmo assim, conseguiu levantá-la do chão e voar com ela pelo recinto.

A gritaria e os estrondos atraíram Akim e Rivera, que desembainharam suas espadas. Enquanto Akim avançava para o fantasma, Rivera apontou a espada para o monstro e fez movimentos circulares cada vez mais rápidos. Ondas azuladas circulares começaram a tomar forma e flutuar da espada de Rivera até o fantasma, que sentiu como se tivesse sido apanhado por um enxame de abelhas. O monstro soltou Jaciara e esparramou-se pela sala como uma revoada de pássaros.

Rivera correu para Jaciara caída no chão.

— Você está bem? – indagou Rivera.

Jaciara se virou rapidamente e segurou a mão do padre.

— Alexandra, a camareira – disse Jaciara enquanto se levantava. – Ela está aqui na biblioteca controlando este monstro.

— James! – Akim correu para onde estava Cartwright morto no colo de Luís.

— Essa não – Rivera balançou a cabeça. — Meu Deus!

Jaciara correu pela biblioteca com o arco em punho. Seus olhos sondaram todo o local em busca de algo que indicasse a presença de Alexandra, mas foi em vão.

— Padre! – gritou Jaciara para Rivera. – Liberte o fantasma.

— Tem razão – disse Rivera tão baixo que talvez Jaciara não tenha escutado a resposta. Mas não importava. – Akim, venha cá e me dê cobertura.

Akim chorava ao lado de Luís, os dois abraçados ao corpo de Cartwright. Rivera precisou pedir com mais ênfase. Finalmente o príncipe dahomey respirou fundo e foi em direção a Rivera com espada em punho.

— Agora você me protege – disse Rivera para Akim. – Se o fantasma se aproximar, use a sua espada.

Akim assentiu com a cabeça ainda com os olhos cheios de lágrimas.

O fantasma recobrou sua forma e avançou para Jaciara. Novamente o monstro empunhou a adaga e desceu sobre a indígena como uma águia atacando uma presa. Jaciara rolou no chão, enganando o fantasma, que mergulhou e desapareceu. Quando reapareceu, estava ao lado de Rivera, que desferiu um arco com sua espada nas costas da freira, que urrou de dor. Dessa vez, parece que o ferimento foi profundo. O fantasma pousou, formou duas pernas e começou a caminhar de forma hesitante.

Rivera pegou um crucifixo e levantou-o. Começou a rezar em latim.

— *In virtute Dei, ut vos liberabo!* – gritou Rivera. – *A vobis in carcerem: et liberabit vos. Et quod servat et captivus, non iam exstat.*

As palavras fizeram um efeito estranho no fantasma. Ela agora estava totalmente na forma humana. Cabeça, braços, mãos, pernas, pés, tudo. Mas havia algo em seu pescoço, como um grande anel dourado. A mesma forma dourada parecia circular seus pulsos. O fantasma gritou e aquilo que parecia ser uma espécie de algema dourada brilhou e desfez-se em fogo. Imediatamente, uma porta secreta abriu-se atrás de uma das estantes de livros e Alexandra Totti saiu gritando com as mãos expelindo fumaça. De alguma forma, Rivera conseguira destruir o feitiço e incendiar o pedaço do livro que a camareira estava segurando segundos antes.

Vendo-se libertado de seu controle, o fantasma olhou furiosamente para Alexandra. Parecia que haveria um ajuste de contas entre as duas. O fantasma flutuou com a adaga em direção a Alexandra. No meio do caminho, viu Luís segurando Cartwright e parou. Os olhos do fantasma assumiram uma expressão triste, como se estivesse desculpando-se pelo que havia feito.

— *Panduntur portae cælum apertum est ad vos* – disse Rivera. — *Es passus ut satis vetustus amissus utitur meam. Vade in pace.*

Um portal luminoso abriu-se atrás da freira. Dava para ver vestígios do que pareciam ser construções de mármore, casas douradas e um coral angelical fez-se ouvir por toda a biblioteca. Ela olhou para Rivera, para Luís e para Alexandra, e finalmente para a adaga em sua mão.

— *Vade in pace* – insistiu Rivera.

A freira pareceu suspirar por um momento, mas depois avançou sobre Alexandra e decapitou-a de modo que a cabeça da camareira-chefe rolou com os olhos abertos até onde estava Luís.

Finalmente a freira virou-se para o portal e flutuou para atravessá-lo. Mas onde estava uma cidade dourada, apareceu um local de fogo ardente e rios de lava fumegante. Os cânticos de coral foram substituídos por vários homens com calças azuis apertadas, barbas estranhamente bem desenhadas e que cantavam músicas sobre mulheres que os haviam traído. A freira olhou para Rivera assustada e depois desesperada.

— Todos os assassinatos que você cometeu eram comandados por outra pessoa, você não teve livre arbítrio – explicou Rivera enquanto a freira tentava escapar do portal. — Mas este, agora, você fez por escolha própria.

Assim, a freira foi sugada para um lugar que, para todos os presentes, lembrava muito o inferno descrito por Dante Alighieri. Rivera sabia que não podia fazer muita coisa. Apenas gritou *amém* e o portal fechou-se, silenciando a música e sumindo com o fogo, deixando a sala novamente iluminada pelas poucas velas.

Alexandra Totti ficou caída no chão em suas duas partes distintas, morta pelo monstro que ela mesma invocou.

— Ela vingou o pai – disse Akim encarando os olhos abertos da cabeça de Alexandra. – Matou todos os que o prejudicaram. Mas por que matou o jovem James? Ele era inocente.

— Espero que ela também queime no inferno – rosnou Luís enfurecido.

Depois disso, voltou a abraçar o corpo de James Cartwright. A biblioteca estava em silêncio completo, exceto pelo choro do jovem português. Akim também abraçou novamente os dois. Por fim, Jaciara deixou cair o arco mágico e caminhou até os três amigos e também os abraçou enquanto lágrimas lhe queimavam as maçãs do rosto. E assim ficaram por um longo tempo, como se a noite caísse em suas almas.

Rivera limpava as lágrimas sem disfarçar a tristeza quando pousou a mão firme sobre o ombro de Mary que parecia paralisada diante da tragédia.

— Ela seria enforcada de qualquer jeito — disse o padre. — É uma mulher e judia. A inquisição não teria pena dela.

— E não era inocente – completou Mary. — Não se mata dez pessoas e depois chama isso de justiça. Ela se descontrolou.

— Muitas ações criminosas começam com motivações aparentemente justificáveis — disse Rivera. — Depois a coisa sai do controle e viram atrocidades.

Despedidas

Era cedo quando Luís acordou. "Quando nos encontramos diante de tragédias, as coisas se invertem, pois, o pesadelo é quando estamos acordados e o sonho vira um refúgio", pensou. Havia sonhado com James e ele sorria, dizia que estava tudo bem e que estava aproveitando uma bela estadia naquela cidade dourada. Talvez fosse verdade. Talvez as histórias de sua avó fossem reais e ele teria viajado para outro mundo durante os sonhos, um mundo sutil, mas real.

O dia estava claro e quente. O cheiro de pão saído do forno fez seu estômago protestar a demora para levantar-se. Só depois de espreguiçar-se é que percebeu que a senhora Dornellas estava no quarto. Havia trazido pão, queijo, vários tipos de geleia, manteiga e chá preto. Quando ele se sentou na cama, Pentangeli também entrou no quarto com uma toalha molhada e uma bacia de louça pequena. Sem que Luís pedisse, o lacaio limpou seu rosto e suas mãos. Mas foi a própria senhora Dornellas que o serviu. Praticamente pegou os pedaços de pão, passava manteiga e colocava-os na boca do jovem português. Depois, levou o chá até sua boca. Luís não protestou. Aceitou tudo passivamente. Sentiu a comida preencher seu estômago dolorido.

— Nós somos gratos pelo que fez, senhor Monteiro – disse a senhora Dornellas. – E entendemos. Sinto muito pela sua perda.

— Obrigado – foi tudo que Luís conseguiu dizer por algum tempo. Depois completou: — Meu amigo James sempre disse que se sacrificaria feliz se fosse por uma causa nobre. E eu não vejo causa mais nobre que esta – completou.

Depois de comer, novamente Luís teve as mãos limpas.

— O sepultamento será daqui a uma hora no cemitério de Montaldeo – informou a senhora Dornellas antes de sair.

— Se precisar de alguma coisa, é só dizer – falou Pentangeli.

O lacaio ajudou-o a vestir-se e o acompanhou até o grande salão onde Rivera o esperava com lorde Andolini. Luís fez uma reverência ao lorde e depois ao seu mestre. Silenciosamente, eles o levaram para outro salão onde estavam os corpos de Alexandra Totti e James Cartwright.

No início, Luís achou meio ofensivo que a assassina de James estivesse sendo velada ao lado dele. Mas depois ponderou que, na sucessão de eventos lamentáveis que levaram àquele momento, era difícil de estabelecer o que era certo e o que era errado. Parece que não havia inocentes em Montaldeo e esta talvez seja a sua maldição. O único inocente era Cartwright e ele estava morto.

— Meu caro senhor Montecchio, não tenho palavras para expressar a minha gratidão – disse Andolini pousando a mão no ombro de Luís. — E nem a minha tristeza pela sua perda. Pedi ao reverendo Rivera que me permitisse ser o financiador da viagem de vocês até o Novo Mundo. Embora a Santa Igreja já tenha provido recursos, eles são mínimos. Eu estou fazendo uma doação generosa em sinal de gratidão. Sei que isso não compensa a perda de um amigo. Nada pode compensar a perda que está sofrendo. Mas é o mínimo que posso fazer.

— A culpa é toda minha, lorde Andolini – disse Luís. – Eu não deveria ter trazido Cartwright para esta missão. O reverendo Rivera me alertou sobre isso.

— Não seja duro consigo – disse Rivera. – O pedido de trazer o senhor James Cartwright com você foi aprovado por mim. Alessandro Volta me consultou antes de aprovar. Eu subestimei os perigos de Montaldeo. Como já subestimei perigos antes. Com o tempo, você perceberá que a soberba é um pecado muito comum em nosso ofício. Somos melhores, mais fortes, mais rápidos, mais inteligentes. Quando o Papa Silvestre acolheu a irmandade na Santa Igreja, muitos o acusaram de estar protegendo bruxos ou demônios porque éramos diferentes das pessoas comuns. Mas o fato é que nos julgamos tão autossuficientes que esquecemos de proteger nossos entes queridos. Sua avó protegeu você, mas pagou com a vida.

— Permita a intromissão deste humilde temente a Deus – disse Andolini. – Mas a culpa é algo que pode atrofiar os sentidos, principalmente a coragem. Aceite a responsabilidade pela morte de seu amigo, senhor Montecchio, mas não ostente esta culpa. O senhor James Cartwright será enterrado aqui com honras de quem se sacrificou por Montaldeo. E é isso que ele é para todos nós, um herói.

— Nós agradecemos o reconhecimento – disse Rivera. – O rapaz certamente merece.

O velório arrastou-se por toda a manhã, até que James e Alexandra fossem enterrados ao meio-dia. Enquanto Cartwright ficou em um local especial no jazigo dos Andolini, Alexandra foi enterrada no cemitério dos empregados junto ao corpo do pai.

Após o almoço, uma carruagem chegou para levar Mary e Mozart. Dessa vez, lorde Andolini pediu que capitão Martini destacasse dez homens para acompanhar os viajantes até Turim. O transporte de Rivera, Luís, Akim e Jaciara para a cidade de Gênova só sairia no dia seguinte, pois queriam ter certeza de que o castelo estava realmente livre de quaisquer maldições e, para isso, passariam ali mais uma noite.

Quando a carruagem parou, capitão Martini veio à frente do destacamento falar com Luís.

— Eu pessoalmente vou escoltá-los em segurança até a cidade de Gênova – afirmou Martini. – É uma forma de agradecer por ter realizado o trabalho que eu deveria ter feito.

— Tenho certeza de que nossos amigos estarão seguros em suas mãos, capitão – disse Luís.

Mozart e Mary aproximaram-se. Mary estava de mãos dadas com Akim. Quando chegou a Luís, abraçou-o longamente e o músico fez uma reverência. Depois, Mary abraçou Jaciara.

— Acredito que terei boas histórias para contar quando chegar a Viena – disse Mozart.

— Cuide da sua saúde, senhor Mozart – disse Jaciara. – E pode confiar em Salieri. Ele é uma boa pessoa. O que dirão dele é apenas ficção.

Mozart coçou a cabeça.

—Refere-se a Antônio Salieri? – disse Mozart. – Ele é um bom amigo, sim.

— Jaciara está fazendo uma piada com suas visões do futuro, senhor Mozart – disse Rivera. – Só tem graça e sentido para ela. A gente acaba se acostumando com o tempo.

— Mas a parte de cuidar da saúde é sério – disse Jaciara, sempre sem sorrir. – Pode fazer isso por mim?

— Por esta bela dama, eu poderia até compor uma serenata – sorriu Mozart.

— Uma pequena serenata noturna, eu ficaria agradecida – disse Jaciara. – É minha preferida. Adoraria imaginar que você pensará em mim quando escrever Uma Pequena Serenata Noturna.

— Eu vou tentar – disse Mozart rendendo-se ao humor enigmático da jovem brasileira.

— Cuide-se, seu músico maluco – disse Akim apertando a mão de Mozart. – Se um dia eu puder, levarei você para a corte de Dahomé. Meu pai ficaria encantado. E pagaria bem.

— Será uma honra – disse Mozart, para depois se voltar para Luís. – Nosso amigo Cartwright estará sempre em nossos corações.

— Obrigado, Amadeus – respondeu Luís, sorrindo finalmente pela primeira vez no dia. Ainda que um sorriso discreto, sem mostrar os dentes.

— E você, lady Mary? – Luís segurou nas mãos da inglesa. – Vai retornar para sua terra, escrever seus livros, o que Jaciara falou sobre seu futuro?

— Disse que vou ser famosa, mas que minha filha vai ser mais ainda que eu – respondeu Mary. – E que vou me casar duas vezes. Mas, por enquanto, só quero ver minha mãe. Espero estar em casa em no máximo um mês.

— Continue escrevendo – disse Jaciara. – Seus livros vão mudar o mundo. O livro da sua filha também.

— Você sabe como encorajar uma escritora – disse Mary. – Eu agradeço. Deu até vontade de ser mãe também.

— Não! – gritou Jaciara, fazendo Mary dar um pulo.

— Ué, você acabou de falar...

— Não tenha pressa, foi o que eu quis dizer – Jaciara esboçou um sorriso amarelo. — Escreva os livros primeiro.

Por último, Akim pegou a mão de Mary e beijou.

— Gosto de pensar que um dia vou voltar para minha terra e ter uma esposa – disse Akim. – Essas coisas que pessoas normais têm. Talvez resgatá-la na sua terra e levar para ser minha princesa.

— Talvez eu o resgate, Alteza – disse Mary amavelmente. – Nem todas as donzelas querem ser princesas e ser salvas por príncipes. Algumas só querem alguém que as faça sentir que não estão sozinhas por um breve espaço de tempo.

— Talvez eu queira mesmo ser resgatado – disse Akim. – Acho que você me resgatou por um breve espaço de tempo.

— O homem da careta disse que tempo e espaço são a mesma coisa – disse Jaciara.

— *Chérie*... — Luís pegou na mão de Jaciara e puxou. – Acho que eles querem ter um momento de privacidade. E já chega de informações do futuro por hoje, o que acha?

Jaciara balançou a cabeça afirmativamente e afastou-se com Luís, deixando o outro casal sozinho.

— Adeus, lady Mary – disse Akim com os olhos levemente marejados. – Vou pedir aos meus deuses que nossos caminhos voltem a se encontrar.

— Quem sabe? – disse Mary antes de beijar a face do dahomey e depois colocar um pé na escada da carruagem. – Quem sabe?

Assim, os amigos despediram-se de Montaldeo. Durante o resto do dia, Akim e Luís ficariam cabisbaixos. Jaciara e Rivera pediram a lorde Andolini se era possível que a cozinheira caprichasse nos doces e outras guloseimas para deixar a dupla menos triste. Mas o fato é que não houve mais mortes no castelo de Montaldeo nos anos que se seguiram. Ao menos não causadas por fantasmas.

(Fim do primeiro livro)

APOIADORES:

Adriana Corrêa Porto
Alba Valeria NaciffLenssen
Alexey Dodsworth
Aline Andrade Pereira
Aline Louise
Alisson Paulo Fialho
Allana Dilene de Araújo de Miranda
Amanda "Reznor" de Britto Murtinho
Amaziles José
Ana Lúcia Merege
Andre Zanki Cordenonsi
Angela Moss
Angelita Marchi
Antonio Carneiro Barbosa de Souza
Aparecida Rodrigues
Artur Senna de Souza e Silva
Basilio Belda
Braulio Fernandes Tavares Neto
Brian Leonardo Alves de Moura
Bruna De Almeida
Bruno F Oliveira
Camila Fernandes
Carla Tatiana Arantes
Carlos Gaspar Jr.
Celso Mota Taddei
Cesar Lopes Aguiar
Christopher Kastensmidt
Claudia Dugim
Cleber Mandelli
Cristiane Belonia
Cynthia De Roma
Edilson Belonia junior
Eduardo Starling
Eliane Barbosa Delcolle
Elizabete da Silva Fialho
Eric David Gondim Figueiredo Hart
Fábio M. Barreto
Fatima Soares Amado
Flávia Picon Pereira
Gerson Lodi-Ribeiro
Guilherme Soldati
Gustavo Guimarães
Helder da Rocha
Helder da Rocha
Helil Neves
Helvecio Parente
Hércules Júnior
Humberto Lemos
Isaías Oliveira
J.M. Beraldo
Jamille Menezes
Joelson Ferreira
Jorge Pereira
José Carlos dos Santos Junior
José Gabriel Zimmermann de Oliveira

Jose Joaquim porto de paula
Leo Aguiar
Leonardo Guimarães
Leto Orffeus
Liliane Barboza
Lina Nunes Gomes
Lindalva Pereira Rabelo
Lindalva Pereira Rabelo
Lívia Cristina de Souza Machado
Lucas dos Santos Martins
Luís Felipe Hauck Salgado
Luiz Carlos de Carvalho
Marcelo Medeiros da Silva
Marcelo Ribeiro de Oliveira
Marciene Campos Fialho
Márcio Rodrigo Campestrini
Marcus Antonius soares da silva
Melina Valente
Michelle dos Santos Reis
Neil Armstrong Rezende
Osíris Reis
Paulo Oliveira
PEDRO ALEXANDRE DOBBIN
Pedro Belonia
Pedro Paulo Fialho
Rafael de Souza Luppi Monteiro
Rafael Machado Saldanha
Raquel Machado Rocha
Reginaldo ventura de Sa
Ricardo B Silva
Ricardo Giraldelli Carvalho Lima
RLuiza Fonseca
Roberto de Sousa Causo
Roberto Fideli
Rodrigo Montaleão

Rosana Bernardes Silva
Sheila Maria
Simone Saueressig
Thais Belonia
Thais Drimel Andrade
Thaissa Medeiros Maciel
Tiberio Velasquez
Vitor Castelões Gama